선생님과 함께 읽는

모래톱 이야기

물음표로 찾아가는 한국단편소설 14

선생님과 함께 읽는

모래톱 이야기

전국국어교사모임 지음 | 배민기 그림

Humanist

문학 교육은 아이들이 꿈을 꾸게 하기 위해 필요합니다. 그러나 요즘의 문학 교육은 참고서와 문제집을 통해서만 이루어지고 있습니다. 그래서 문학 수업은 엉뚱한 상상도 발랄한 질문도 없는 밍밍하고 지루한 시간이 되어 버렸습니다. 상상의 여지가 사라지고 질문이 없는 수업은 아이들을 질리게 하고 문학을 말라 죽게 합니다. 그렇다면 어떻게 해야 문학 교육을 살릴 수 있을까요?

무엇보다 학생들이 스스로 생각을 열어 질문을 만들 수 있게 해야 합니다. 매우 상식적인 일이지만, 우리 교육 환경에서는 잘 이루어지기가 어렵습니다. 그래서 전국국어교사모임은 학생들이 스스로 생각을 열고 엉뚱한 상상과 발랄한 질문을 할 수 있는 마중물을 붓기로 했습니다. 이는 말라 버린 문학뿐 아니라 아이들의 메마른 마음에도 물을 붓는 일이 될 것입니다.

교과서에 실린 의미 있는 작품을 골랐습니다 중·고등학교 국어 교과서나 문학 교과서에 실린 단편소설 가운데 오랫동안 많은 사람들에게 널리 읽힌 작품을 골랐습니다. 교과서에 실렸다는 것은 중·고등학생들에게 유용한 작품이라는 것이고, 오래 널리 읽혔다는 것은 재미나 감동, 그리고 생각거리 면에서 어느 하나는 사람들의 마음에 들었음을 뜻하기 때문입니다.

전국의 학생들에게 물었습니다　전국에 있는 수많은 학생에게 소설을 읽혀 보고, 그들이 궁금해 하는 것을 모았습니다. 그러고 나서 의미 있는 질문거리들을 일정한 방식으로 배열했습니다.

현직 국어 선생님들이 물음에 답했습니다　전국의 국어 선생님 100여 분이 다양한 책과 논문을 살펴본 다음 질문에 대한 답을 했습니다. 이런 과정을 통해 보다 보편적인 작품의 의미에 접근하고자 했습니다.

교육 과정과의 연관성을 고려했습니다　수업 현장에서 또는 학생 스스로 이용할 수 있도록 했습니다. '깊게 읽기'에서는 인물, 사건, 배경, 주제 등 작품과 직접 관련되는 내용을 다루었으며, '넓게 읽기'에서는 작가, 시대상, 독자 이야기 등을 살펴볼 수 있도록 했습니다.

'물음표로 찾아가는 한국단편소설' 시리즈는 다양하고 깊이 있는 생각을 이끌어 낼 수 있는 소설 감상의 안내서 구실을 할 것입니다. 또한 작품에 대한 해석과 이해의 차원을 넘어서 문화적·사회적·역사적 정보를 폭넓고 다양하게 제시함으로써 문학 감상 능력을 향상시켜 줄 뿐만 아니라, 문학과 가까워질 수 있는 기회를 제공해 줄 것입니다.

전국국어교사모임

질문의 크기가 내 삶의 크기를 결정한다.

(고미숙, 《공부의 달인, 호모 쿵푸스》에서)

"버스를 타고 지인의 돌잔치에 다녀오던 길이었어요. 이제 막 세상에 눈을 뜬 다섯 살배기 조카 녀석이 대답하기 벅찰 정도로 끝없이 질문을 던지더군요. '왜 사람들이 내릴 때 삑 소리 나는 것을 눌러요?', '버스는 다 똑같은 데로 가요?', '어떻게 다른 곳으로 가는 버스인지 알아요?', '택시가 더 빨라요 버스가 더 빨라요?'

그러던 아이가 쑥쑥 자라 10대가 되어 함께 해외여행을 하게 되었는데, 여행 내내 과묵하고 신중한 태도로 어른들의 말을 듣기만 하는 거예요. 그 모습에 왠지 모를 섭섭함을 느꼈지요."

어느 선생님이 들려준 이 이야기는 이 책을 준비하는 저희에게 또 다른 '물음표'가 되었습니다. 학교 현장에서 만나는 학생들의 모습도 그 조카와 별반 다르지 않기 때문이에요. 왜 시시콜콜 질문하던 아이들이 초등학교를 거쳐 중·고등학교에 가면 '묻기'를 잃어버리는 것일까요? 혹시 학교와 어른들이 정해진 답만을 요구하기 때문이 아닐까요?

학교에서 배우는 교과목 가운데 국어, 그중 특히 문학 시간은 상상력이 넘치고 엉뚱한, 때로는 실소를 머금게 할 정도로 유치하기까지 한 수많은 질문이 전혀 부끄럽게 여겨지지 않는 시간입니다. 오히려 이런 질문은 문학 작품을 친근하게 느끼게 하고 감상을 풍부하게 해 주기 때문에, 문학 수업이 지향하는 바이기도 하지요.

〈모래톱 이야기〉는 많은 질문이 필요한 소설입니다. '제목의 의미가 무엇일까?', '모래톱은 인물들의 삶과 어떤 관계가 있지?', '왜 갈밭새 영감은 위험하기만 한 모래톱에서 살아가는 걸까?'……

세상을 향한 질문으로 가득 차 있던 다섯 살 아이처럼, 주저하지 않고 궁금한 것에 대해 질문을 던지고 그 궁금증을 해결하기 위해 스스로 생각해 보세요. 그렇게 질문을 따라 펼쳐져 있는 많은 갈래의 길들을 따라가다 보면 자신만의 〈모래톱 이야기〉가 완성되어 있을 것입니다.

이 책이 작품 감상의 길을 더 반짝반짝 빛나게 하는 데 작은 도움이 되길 바래요. 그리고 자신만의 길을 완성한 뒤 환하게 웃을 여러분의 행복한 모습을 상상해 봅니다. 그 길이 '소설'이라는, 더 넓게는 '문학'이라는 아름다운 길로 이어지는 시작이었으면 좋겠습니다.

충북국어교사모임

김광오, 김미선, 김미순, 오은진, 이소영, 이유진, 홍지훈,

차례

넓게 읽기 작품 밖 세상 들여다보기

모래톱 이야기

김정한

20년이 넘도록 내처 붓을 꺾어 오던 내가 새삼 이런 글을 끼적거리게 된 것은, 별안간 무슨 기발한 생각이 떠올라서가 아니다. 오랫동안 교원 노릇을 해 오던 탓으로 우연히 알게 된 한 소년과, 그의 젊은 홀어머니, 할아버지, 그리고 그들이 살아오던 낙동강 하류의 어떤 외진 모래톱─이들에 관한 그 기막힌 사연들조차, 마치 지나가는 남의 땅 이야기나 아득한 옛이야기처럼 세상에서 버려져 있는데 대해서까지는 차마 묵묵할 도리가 없었기 때문이다.

건우란 소년은 내가 직접 담임했던 제자다. 당시 나는 K라는 소위 일류 중학에서 교편을 잡고 있었다. 비가 억수로 내리던 날 첫 시간의 일이었다. 지각생이 많았다. 지각생이 많으면 교사는 짜증이 나기 마련이다. 그럴 때, 유독 밉는 놈은 으레 그런 일이 잦은 놈들이다.

"넌 또 지각이로군? 도대체 어찌 된 일이냐?"

건우의 차례였다. 다른 애와 달리 그는 옷이 비에 흠뻑 젖어 있었다. 아래 윗도리 옷깃에서 물이 사뭇 교실 바닥에 뚝뚝 떨어지고 있지 않은가!

"나릿배 통학생임더."

낮고 가는 목소리가 그의 가냘픈 입술 사이에서 새어 나오듯 했다. 그리고 이내 울상이 된 얼굴을 아래로 떨구었다. 차라리 무엇인가를 하소하는 듯이 느껴졌다.

"나릿배 통학생?"

이쪽으로선 처음 듣는 술어였다.

"맹지면에서 나릿배로 댕기는 아압니더."

지각생 아닌 다른 애가 대신 대답을 했다. 명지면(鳴旨面)이라면 김해 땅이다. 낙동강 하류. 강을 건너야만 부산으로 나올 수 있는 곳이다.

"나릿배 통학생이라……."

나는 건우의 비에 젖은 옷을 바라보면서 자리에 들어가라고 했다.

이런 일이 있고부터 나는 건우란 소년에게 은근히 동정이 가게 되었다. 더더구나 아버지가 없다는 걸 알고부터는. 동무들끼리 어울려 놀 때 그를 곧잘 '거무(거미)'라고 놀려 대던 이상한 별명의 유래도 곧 알게 되었다. 그의 고향 친구들의

말에 의하면 거미란 짐승은 물에 날쌘 놈이라 해서 즈 할아버지가
지어 준 아명이었다는 거다. 거무! 강가에 사는 사람들의 자식 아끼
는 심정을 가히 짐작할 수가 있었다. 호적에 올릴 때는 부득이 건우
로 했으리라. 그것도 아마 누구의 지혜를 빌려서.

두 번째로 내가 건우란 소년에게 대해서 관심을 더욱 가지게 된
것은, 학기 초 가정 방문을 나가기 전에 그가 써낸 작문을 읽고부
터였다. (나는 가정 방문을 나가기 전, 가끔 학생들에게 자기 자신에
관한 글을 써 오라고 하였다.)

'섬 얘기'란 제목의 그의 글은 결코 미문은 아니었다. 그러나 내용
은 끔찍한 것이라 생각했다. 자기가 사는 고장―복숭아꽃도, 살구
꽃도, 아기 진달래도 피지 않는 조마이섬은, 몇백 년, 아니 몇천 년
갖은 풍상과 홍수를 겪어 오는 동안에, 모래가 밀려서 된 나라 땅
인데, 일제 때는 억울하게도 일본 사람의 소유가 되어 있다가, 해
방 후부터는 어떤 국회의원의 명의로 둔갑이 되었는가 하면, 그 뒤
는 또 그 조마이섬 앞 강의 매립 허가를 얻은 어떤 다른 유력자의
앞으로 넘어가 있다든가 하는―말하자면, 선조 때부터 거기에 발
을 붙이고 살아오던 사람들과는 무관하게 소유자가 도깨비처럼 뒤
바뀌고 있다는, 섬의 내력을 적은 글이었다. 그저 그런 정도의 얘기
를 솔직히 적었을 따름인데, 어딘지 모르게 무엇인가를 저주하는
듯한, 소년의 날카롭고 냉랭한 심사가 글 밑바닥에 쫙 깔려 있었다.
나는 나 자신이 갑자기 무슨 고발이라도 당한 듯한 심정으로, 그
글발을 따로 제쳐서 책상 서랍 속에 넣어 두었다.

가정 방문이 있는 주간은 대개 오전 수업뿐이다. 점심시간이 시

작될 무렵 나는 건우를 교무실로 불렀다.

"오늘 명지로 갈까 하는데, 너 외에 몇이나 있지?"

"A반 학생은 저 하나뿐입니다."

건우의 노르께한 얼굴에는 순간적인 그늘이 얼씬 지나가는 것 같았다.

"그래? 그럼 한 시 반쯤 해서 현관 앞으로 다시 오게."

명지 같음 어둡기 전에 돌아오기가 힘들는지 모른다. 나는 부랴부랴 점심을 마치고서 교무실을 나섰다.

건우는 벌써 현관께로 와 있었다. 역시 약간 어둔 얼굴을 하고. 아마 미리 어머니에게 알리지 않고서 가는 것이 약간 켕겼던 모양이었다.

"가 볼까!"

내가 앞장을 서듯 했다. 버스 요금도 제 것까지 내가 얼른 내는 걸 보고는 아주 송구스러운 듯한 표정을 지었다. 하단까지는 사오십 분이면 족했다. 그러나 한 척밖에 없다는 그 나룻배가 좀처럼 나타나지 않았다.

"집이 저쪽 나루터에서도 먼가?"

나는 갈대 그림자가 그림처럼 고요히 잠겨 있는 강물을 내려다보며 물었다.

"예, 제북(제법) 갑니더."

그는 민망스런 듯이 나를 잠깐 쳐다보더니, 눈을 역시 물 위로 떨어뜨렸다.

"얼마나?"

"반 시간 좀 더 걸립니더."

"그럼 학교까지 오려면 시간이 꽤 걸리겠는걸?"

"나룻배만 진작 타지고 빠른 날은 두어 시간만 하면 됩더."

"그래? 그래서 지각을 자주 하는군."

나는 환경 조사표의 카피를 펴 보았으나, 곁에 사람들이 있기에 더 묻지 않았다. 아니, 설사 곁에 다른 사람들이 없다 하더라도, 아직 열다섯 살밖에 안 되는 소년에게 물어도 좋을 만한 그런 가정 형편이 못 되었다.

— 아버지는 없고,
　어머니 33세 농업
　할아버지 62세 어업
　삼촌 32세 선원
　재산 정도 하(下)

끼우뚱거리는 나룻배 위에서도 건우의 행복하지 못할 가정 환경
이 자꾸만 내 머릿속에 확대되어 갔다.

　나룻배를 내려서자, 갈밭 속을 뚫고 나간 좁고 긴 길이 있었다.
우리는 반 시간 남짓 그 길을 걸어가면서도 별반 이야기가 없었다.

　"아버진 언제 돌아가셨지?"

해 놓고도 오히려 후회할 정도였으니까.

　"육이오 때라 캅디더만……."

　건우의 말눈치가 확실치 않았다.

　"어쩌다가?"

　"군에 나갔다가 그랬다 캅니더."

　"언제 어디서 돌아가셨는지도 잘 모른단 말인가?"

　"야, 그래도 살아 온 사람들의 말이 암마 '워카 라인'인가 하는 데
서 그랬을 끼라 카데요."

　생각했던 바와는 달리, 건우의 이야기는 비교적 담담하였다.

"그래, 아버지의 얼굴은 기억하나?"

나는 속으로 그의 나이를 손꼽아 보았던 것이다.

"잘 모릅니더. 저가 두 살 때 군에 나갔다 카니……. 그라고 통 안 돌아왔거던요."

나를 쳐다보는 동그스름한 얼굴, 더구나 그린 듯이 짙은 양미간에는 미처 숨기지 못한 을씨년스런 빛이 내비쳤다. 순간 나는 그의 노르께한 얼굴에서 문득 해바라기꽃을 환각했다.

삼사월 긴긴 해라더니, 보릿고개는 오후 세 시가 훨씬 지나도 해가 메끝과는 멀었다.

길가 수렁과 축축한 둑에는 빈틈없이 갈대가 우거져 있었다. 쑥쑥 보기 좋게 순과 잎을 뽑아 올리는 갈대청은, 그곳을 오가는 사람들과는 판이하게 하늘과 땅과 계절의 혜택을 흐뭇이 받고 있는 듯, 한결 싱싱해 보였다.

"저 갈대들이 다 자라면 지나다니기가 무서울 테지? 사람의 길이 훨씬 넘을 테니까."

나는 무료에 지쳐 건우를 돌아보았다.

"괜찮심더. 산도 아인데요."

그는 간단히 대답할 뿐이었다. 아직도 짐승보다 인간이 무섭다는 것을 미처 모르는 모양이었다.

길바닥까지 몰려나왔던 갈게들이, 둔탁한 사람의 발자국 소리에 놀라 이리저리 황급히 구멍을 찾아 흩어지는가 하면, 어느 하늘에선지 종달새가 재잘재잘 쉴 새 없이 재잘거리고 있었다. 잔등에 땀을 느낄 정도로 발을 재게 떼 놓아, 건우가 사는 조마이섬에 닿았을 때는 해가 얼마만큼 기운 뒤였다.

섬의 생김새가 길쭉한 주머니 같다 해서 조마이섬이라고 불려 온 다는 건우의 고장에는, 보리가 거의 자랄 대로 자라 있었다. 강바람 이 불어올 때마다 푸른 물결이 제법 넘실거리곤 했다.

낙동강 하류의 삼각주 일대가 대개 그러하듯이, 이 조마이섬이란 데도 사람들이 부락을 이루고 사는 것이 아니라 그저 한 집 두 집 띄엄띄엄 땅을 물고 있을 따름이었다.

건우의 집은 조마이섬 위쪽에서 그리 멀지 않았다. 역시 외따로 떨어진 집이었다. 마침 뒤켠 사래 긴 남새밭에 가 있던 어머니가 무 슨 낌새를 채었던지 우리가 당도하기 전에 어느새 사립께로 달려와 있었다.

"인자 오나?"

아들에게부터 먼저 말을 건네고 나서 내게도 수인사를 하였다.

"우리 건우 선생님인가 배요?"

상냥하게 웃었다. 가정 조사표에 적혀 있는 서른세 살의 나이보 다는 훨씬 할쑥해 보였으나, 외간 남자를 대하는, 붉은빛이 연하게 감도는 볼에는 그래도 시골 색시다운 숫기가 내비쳤다.

"수고하십니더."

하고 나는 사립을 들어섰다.

물론 집은 그저 그러했다. 체목은 과히 오래되지 않았지만, 바깥 일손이 모자라는 탓인지, 갈대로 엮어 두른 울타리에는 몇 군데 개 구멍이 나 있었다.

"좀 들어가입시더. 촌집이 돼서 누추합니더만……."

건우 어머니는 나를 곧 안으로 인도했다. 걸레질을 안 해도 청은 말끔했다. 굳이 방으로 모시겠다는 것을 나는 굳이 사양하고 마루 끝에 걸쳤다.

"어머니 혼자 힘으로 공부시키기가 여간 힘들지 않으실 텐데……."

건우가 잠깐 자리를 비키는 것을 보고 나는 으레 하는 식으로 가정 사정부터 물어보았다. 할아버지와 아저씨와 그리고 재산 따위에 대해서.

"할아버지는 개깃배를 타시고, 재산이랄 끼사 머 있십니꺼. 선조 때부터 물려받은 밭뙈기들은 나라 땅이라 캤다가, 국회의원 땅이라 캤다가……. 우리싸 머 압니꺼……."

이렇게 대략 건우 군의 글에서 알았을 정도의 얘기였고, 건우의 삼촌에 대해서는 웬일인지 일체 말이 없었다. 대신, 길이 먼 데다 나룻배까지 타야 되기 때문에 건우가 지각이 많아서 죄송스럽다는 얘기와, 아버지가 없으니 그런 점을 생각해서 잘 돌봐 달라는 부탁이 고작이었다.

생활은 어떻게 무사히 꾸려 나가느냐고 했더니, 시아버님이 고깃배를 타기 때문에 가끔 어려운 돈을 기백 원씩 가져온다는 것과, 먹고 입는 것은 보리농사와 채소로써 그럭저럭 치대어 나간다는 얘기였다.

"재첩은 더러 안 건지세요?"

강마을 일이라 이렇게 물었더니,

"그건 남자들이라야 안 됩니꺼. 또 배도 있어야 하고요."

할 뿐, 그러나 이쪽에서 덤덤하니까,

"물 빠질 땐 개발(개펄)이싸 늘 안 나가는기요. 조개 새끼도 파고 재첩도 줏지만 그런 기사 어데 돈이 댑니꺼."

이렇게 덧붙였다.

잠시 안 보이던 건우가 어디서 다섯 홉짜리 정종을 한 병 들고 왔다. 이마에 땀이 번질번질한 걸 보면 필시 뛰어온 것이 틀림없다. 아마 어머니가 시킨 일이리라 싶었다.

나는 미안스런 생각으로 건우 어머니가 따라 주는 술잔을 받았다. 손이 유달리 작아 보였다. 유달리 자그마한 손이 상일에 거칠어 있는 양이 보기에 더욱 안타까울 정도였다.

기어이 저녁까지 대접하겠다고 부엌으로 가 버린 뒤, 나는 건우를 앞에 두고 잔을 들면서, 그녀의 칠칠한 인사범절에 새삼 생각되는 바가 있었다.

나는 모든 것을 다시 보았다. 농삿집치고는 유난히 말끔한 마루청, 먼지를 뒤집어쓰고 있지 않은 장독대, 울타리 너머로 보이는 길찬 장다리꽃들……. 그 어느 것 하나에도 그녀의 손이 안 간 곳이 없으리라 싶었다. 이러한 집 안팎 광경들을 통해서, 나는 건우 어머니가 꽤 부지런하고 칠칠한 여성이란 것을 고대 짐작할 수가 있었다. 젊음이 한창인 열아홉부터 악지 세게 혼자서 살아왔다는 것과, 어려운 가운데서도 외아들 건우를 나룻배를 태워 가면서까지 먼 일류 중학에 보내고 있다는 사실, 그리고 농촌 아이라고는 믿어지지 않을 만큼 건우의 입성이 항상 깨끗했다는 사실들이, 어련히 안 그러리 싶어지기도 했다. 얼핏 보아서는 어리무던한 여인 같기도 하지만 유난히 볼가진 듯한 이마라든가, 역시 건우처럼 짙은 눈썹 같은 데선

그녀의 심상치 않을 의지랄까, 정열 같은 것을 읽을 수가 있었다.

나는 술상을 물리고서, 건우의 공부방을—어머니의 방일 테지만—잠깐 들여다보았다. 사과 궤짝 같은 것에 종이를 발라 쓰는 책상 위에는 몇 권 안 되는 책들이 나란히 꽂혀 있었다. 그 가운데서 '섬 얘기'라고, 잉크로써 굵직하게 등마루에 씌어진 두툼한 책 한 권이 특별히 눈에 띄었다.

"섬 얘기? 저건 무슨 책이지?"

나는 건우를 돌아보고 물었다.

"암것도 아입니더."

"소설?"

"아입니더."

"어디 가져와 봐!"

건우는 싫어도 무가내라 뽑아 오면서,

"일기랑 또 책 같은 거 읽고 적은 김더."

부끄러운 내색을 하였다.

"일기는 남의 비밀이니까 읽을 수가 없고, 어디 책 읽은 소감이나 뵈 주게."

나는 책을 도로 돌렸다.

건우는 마지못해 여기저길 뒤적거리다가 한 군데를 펴 주었다. 또 박또박 깨알같이 박아 쓴 글씨였다.

××× 여사는 어머니처럼 혼자 사시는 분이라 그런지 그분의 글에는 한결 감동되는 바가 있었다. 〈내가 본 국토〉 속의 한 구절.

"그래도 선거 때가 되면 소속 육지에서 똑딱선을 가지고 섬 백성을 모시러 오는 얄뜰한 정당이 있어, 이들은 다만, 그 배로 실려 가서 실상 자기네 실생활과는 무연한 정치를 위하여 지정해 주는 기호 밑에 도장을 찍어 주고 그 배에 실려 돌아온다는 것입니다.

현대 문명의 혜택이라곤 아직 받아 보지 못한 그들의 생활 속에도 현대 문명인이 행사하는 선거란 상식이 깃들게 되고, 어느 정당이나 정치의 영향도 얄뜰히 받아 보지 못한 그네들에게도 투표하는 임무만은 지워져야 하고, 조국의 사랑이라곤 받아 본 일이 없이 헐벗고 배우지 못한 그들의 아들들이 먼저 조국을 수호해야 할 책임을 지고, 훈련을 받고, 총을 메고 군인이 되어 갔다는 것……"

우리 아버지도 응당 이러한 군인 중의 한 사람이었으리라. 그래서 언제 어디서 쓰러졌는지도 모르고, 따라서 국군묘지에도 묻히지 못하고, 우리에겐 연금도 없고…….

내 눈이 미처 젖기 전에 건우는 부끄러운 듯이 그 노트를 내게서 뺏어 갔다.

"건우야!"

나는 노트 대신 건우의 손을 꽉 쥐었다.

"이 땅이 이곳 사람들의 땅이 아니랬지? 멀쩡한 남의 농토까지 함께 매립 허가를 얻은 어떤 유력자의 것이라고 하잖았어? 그러나 두고 봐. 언젠가는 이 땅의 주인인 너희들의 것이 될 거야. 우선은 어떠한 괴로움이 있더라도, 억울하더라도 희망을 잃지 말고 꾹 참고 살아가야 해."

어조가 어떻게 아까 그 노트를 읽을 때와 같은 것을 깨닫고, 나는 잠깐 말을 끊었다. 건우는 내처 묵연해 있었다.

"나랏땅, 남의 땅을 함부로 먹다니! 그건 땅을 먹는 게 아니라, 바로 '시한폭탄'을 먹는 거나 다름없다. 제 생전이 아니면 자손 대에 가서라고 터지고 말거든! 그리고 제아무리 떵떵거려 대도 어른들은 다 가는 거다. 죽고 마는 거야. 어디 땅을 떼 짊어지고 갈 수야 있나. 결국 다음 이 나라 주인인 너희들의 거란 말야. 알겠어?"

나는 말이 절로 격해지는 것을 깨달았다. 저녁상이 들어왔다.

부엌에서 바깥 동정을 죄다 엿들었는지 건우 어머니는 저녁상을 물리기가 바쁘게 손을 닦으며 청 끝에 와 걸치더니,

"선생님 이야기는 우리 건우한테서 잘 듣고 있심더. 그라고 이 섬 저 웃바지에 사는 윤샌도 선생님 말을 곧잘 하데요. 우리 건우가 존 담임 선생님 만났다면서……."

해가 막 떨어진 뒤라 그런지 그녀의 웃음이 적이 붉게 보였다.

"윤샌이라뇨?"

윤 생원이라는 말인 줄은 알았지만, 그가 누군지 미처 생각이 안 났다.

"성은 윤씨고, 이름이 머라 카더라……."

건우를 흘끗 돌아보며,

"수덕이 할배 이름이 멋고?"

"춘삼이 아잉기요."

건우의 말이 떨어지자,

"내 정신 보래. 그래 춘삼 씨다."

그녀는 다시 나를 돌아보며,

"춘삼이란 어른인데, 와 선생님을 잘 알데요. 부산에도 가끔 나갑니다. 쬐깐 포도밭도 가주고 있고요……."

"윤춘삼? …… 네, 인제 알겠습니다."

비로소 생각이 났다.

"그분하고는 어데서도 같이 지냈담서요?"

건우 어머니는 '세상은 넓고도 좁지요.' 하는 듯한 눈매로 웃어 보였다.

"네."

아닌 게 아니라, 나는 적이 놀랐다. 어디서든 나쁜 짓 하고는 못 배기리라는 생각이 문득 들기까지 했다. 그와 동시에, 지난날 어떤 어둑컴컴한 곳에서 그 윤춘삼이란 사람을 처음으로 만나던 일, 그리고 다시 소위 큰집이란 데서 한때 같이 고생을 하던 갖가지 일들이 마치 구름 피어오르듯 기억에 떠올랐다.

—'육이오' 때의 일이었다. 나는 어떤 혐의로 몇몇 사람의 당시 대학 교수들과 함께 육군 특무대란 데 갇혀 있었다. 거기서 윤 생원을 처음 만났다. 물론 그땐 그가 이곳 사람인 줄도 몰랐다. 무슨 혐의로 들어왔느냐고 물어도 그는 얼른 대답을 하지 않았다. 곧 나갈 거라고만 했다. 곧 나갈 거라고 장담을 하던 사람이 얼마 뒤 역시 우리의 뒤를 따라 감옥으로 넘어왔다. 감옥에서는 그도 제법 사상범으로 통해 있었다. 누가 붙였는지는 모르되, '송아지 빨갱이'라는 별명이 붙어 있었다. 그의 말에 의하면 이유는 간단했다.—한창 무슨 청년단인가 하는 패들이 마구 설칠 땐데, 남에게 배내를 주었던 그의

송아지를 그들이 잡아먹은 게 분해서, 배내 먹이던 사람더러 송아지를 물어내라고 화풀이를 한 것이 동기의 하나였다고 한다. 그 바보 같은 사람이 뒤퉁스럽게 그 청년단을 찾아가서 그런 고자질을 한 것이 꼬투리가 되어, '이 새끼 맛 좀 볼 테야?' 하는 식으로 잡혀 왔다는 이야기였다. 그밖에 또 하나 주목받을 이유가 될 만한 것은, 자기 고향인 조마이섬에 문둥이 떼가 이주해 왔을 때 (물론 정부의 방침이었지만) 그들을 몰아내기 위해 싸우다가 결국 경찰 신세를 졌던 일이라 했다. 그러면서도 그 자신 무슨 영문인지를 확실히 모르고서 옥살이를 했다. 다만 '송아지 빨갱이'라는 별명으로서.

어쩌다가 세숫터에서라도 마주칠 때, "송아지 빨갱이!" 할라 치면, 텁수룩한 머리를 끄덕대며 사람 좋게 웃던 윤춘삼 씨의 그때 얼굴이 눈에 선해 왔다.

"좋은 사람이었지요."

"그라문요! 지금도 우리 집에 가끔 옵니더."

건우 어머니도 맞장구를 쳤다.

이야기꾼들이 곧잘 쓰는 '우연성'이란 것을 아주 싫어하는 나지만, 그날 저녁 일만은 사실대로 적지 않을 수가 없다.

어둡기 전에 건우의 집을 나서서 하단 쪽 나루터로 되돌아오던 길목에서, 뜻밖에, 이제 얘기하던 바로 그 윤춘삼이란 사람과 마주치게 되었으니 말이다.

"야— 이거 ×선생 아니요! 이런 섬에 우짠 일로?"

송아지 빨갱이, 아니 윤춘삼 씨는 덥석 내 손을 잡으며 반가워했다.

"아이들 가정 방문을 왔다 가는 길이죠. 참 오랜만이군요."

"가정 방문?"

그는 수인사는 제쳐 놓고,

"그럼 건우 집에도 들렀겠네요?"

"네, 이 섬에는 건우 한 애뿐입니다. 내가 맡아 있는 애로서는……."

"마침 잘됐다. 허허 참 세상에는 이런 수도 다 있다카이! 인자 막 선생 이바구를 하고 오던 참인데……."

윤춘삼 씨는 뒤에 따라오던 웬 성큼한 털보 영감을 돌아보며,

"자, 인사드리시오. 당신 손자 '거무'란 놈 선생이요."

하며 내처 허허 하고 웃어 댔다. 벌써 약간 주기가 있어 보였다.

두 사람이 인사를 채 나누기 전에 윤춘삼 씨는,

"허허, 노상에서 이럴 수가 있나. 나도 여러 해 만이고……."

하며 털보 영감더러 하단으로 되돌아가자는 것이었다. 아니 바로 떠밀듯 했다.

"암 그래야지. 나도 언제 한분(한번) 꼭 찾아볼라 캤는데, 바래다 드릴 겸 마침 잘됐구만."

멀쩡한 날에 고무장화를 해 신은 폼이 누가 보나 뱃사람이 완연한 건우 할아버지도, 약간 약주가 된 데다 역시 같은 떼거리였다.

윤춘삼 씨는 만나자 덥석 잡았던 내 손을 내처 아플 정도로 쥔 채 놓지 않았고, 건우 할아버지도 나란히 서게 되어, 셋은 가뜩이나 좁은 들길을 좁으라 걸어 댔다. 땅거미를 받아선지, 건우 할아버지의 갯바람에 그을린 얼굴이 거의 검둥이에 가까울 정도로 검어 보였다.

"갈밭새 영감, 오늘 참 재수 좋네. 내가 술 샀지, 또 이런 훌륭한 선생님을 만났지……. 그러나 이분에는 영감이 사야 되오."

윤춘삼 씨의 말이 떨어지기가 바쁘게,

"암 내가 사야지. 이분에는 정종이다. 고놈의 따끈한!"

아마 '갈밭새'가 별명인 듯한 건우 할아버지는, 그 억세고 구부정한 어깨를 건들거리며 숫제 신을 내듯 했다.

하단 나룻가의 술집은 모두가 그들의 단골인 모양이었다.

"어이 또 왔쇠이!"

건우 할아버지가 구부정한 어깨를 먼저 어느 목롯집으로 들이밀었다. 다시 술자리가 벌어졌다. 술자리랬자 술상 대신 쓰이는 네 발 달린 널빤지를 사이에 두고 역시 네 발 달린 널빤지 걸상에 마주 앉은 것이었지만.

"술은 정종! 따끈한 놈으로. 응이, 알겠소? 우리 거무 선생님이란 말이어!"

갈밭새 영감은 자기와 비슷하게 예순 고개를 넘어 보이는 주인 할머니더러 일렀다.

그가 소원인 듯 말하던 '따끈한 정종'은 그와 윤춘삼 씨보다 나를 먼저 취하게 했다. 그러나 좀처럼 놓아줄 눈치들이 아니었다.

"한 잔만 더!"

이번에는 건우 할아버지의 커다란 손이 연신 내 손을 덥쌌다.

"비록 개깃배를 타고 있지만 나도 과히 나쁜 놈이 아임데이. 내 선생 이바구 다 듣고 있소. 이 송아지 빨갱이(섬에까지 그런 별명이 퍼졌던 모양이다.)한테도 여러 분 들었고 우리 손자 놈한테도 듣고 있소. 정말정말 훌륭한 선생님이라고. 그까짓 ××의원이 다 먼교? 돈만 있음 ×라도 다 되는 기고, 되문 나랏땅이나 훑이고 팔아묵고 그런 놈이 안 많던기요? 예? 내 말이 어데 틀렸십니꺼?"

갈밭새 영감은 말이 차츰 엇나가기 시작했다. 자기로선 취중 진담일지 모르나 듣기만 해도 섬뜩한 소리를 함부로 뇌까렸다. 그런 얘길랑 그만두고 술이나 들라 해도 갈밭새 영감은 물론 이번엔 윤춘삼 씨까지 되려 가세를 하고 나섰다.

"촌사람이라꼬 바본 줄 알지 마소. 여간 답답해서 그런 소릴 하겠소."

전깃불이 들어왔다. 불빛에 비친 갈밭새 영감의 얼굴은 한층 더 인상적이었다. 우악스럽게 앞으로 굽어진 두 어깨 가운데 짤막한 목줄기로 박혀 있는 듯한 텁석부리 얼굴! 얼굴 전체는 키를 닮아 길쭉했으나, 무엇에 짓눌려 억지로 우그러뜨려진 듯이 납작해진 이마에는, 껍데기가 안으로 밀려들기나 한 듯한 깊은 주름이 두어 줄 뚜렷하게 그어져 있었다. 게다가 구레나룻에 둘러싸인 얼굴 전면이 검붉은 구릿빛이 아닌가! 통틀어 원시인이라도 연상케 하는 조금 무서운 면상이었다.

"와 빤히 보능기요? 내 안주(아직) 술 안 취했심데이. 염려 마이소."

갈밭새 영감은 기름이 절은 수건을 꺼내더니 이마를 한 번 훔치고서,

"인자 딴말은 안 하지요. 언제 또 만낼지 모르이칸에 이왕 만낸 짐에 저 송아지 뺄갱이나 이 갈밭새가 사는 조마이섬 이바구나 좀 하지요."

그러곤 정신을 가다듬기나 하듯이 앞에 놓인 술잔을 훌쩍 비웠다.

건우 할아버지와 윤춘삼 씨가 들려준 조마이섬 이야기는 언젠

가 건우가 써냈던 〈섬 얘기〉에 몇 가지 기막히는 일화가 붙은 것이었다.

"우리 조마이섬 사람들은 지 땅이 없는 사람들이요. 와 처음부터 없기싸 없었겠소마는 죄다 뺏기고 말았지요. 옛적부터 이 고장 사람들이 젖줄같이 믿어 오는 낙동강 물이 맨들어 준 우리 조마이섬은……."

건우 할아버지는 처음부터 개탄조로 나왔다. 선조로부터 물려받은 땅, 자기들 것이라고 믿어 오던 땅이, 자기들이 겨우 철들락 말락 할 무렵에 별안간 왜놈의 동척 명의로 둔갑을 했더란 것이었다.

"이완용이란 놈이 '을사 보호 조약'이란 걸 맨들어 낸 뒤라 카더만!"

윤춘삼 씨의 퉁방울 같은 눈에도 증오의 빛이 이글거리기 시작했다.

1905년 — 을사년 겨울, 일본 군대의 포위 속에서 강제로 맺어진 '을사 보호 조약'이란 매국 조약을 계기로, 소위 '조선 토지 사업'이란 것이 전국적으로 실시되던 일. 그리고 이태 후인 정미년에 가서는 "한국 정부는 시정 개선에 관하여 통감의 지도를 수할 사"란 치욕적인 조목으로 시작된 '한일 신협약'에 따라, 더욱 그 사업을 강행하고, 역둔토(驛屯土)의 대부분과 삼림 원야(森林原野)들을 모조리 국유로 편입시키는 등 교묘한 구실과 방법으로써 농민들로부터 빼앗은 뒤, 다시 불하하는 형식으로 동척과 일인의 수중에 옮겨 놓던 그 해괴망측한 처사들이 문득 내 머릿속에도 떠올랐다.

"쥑일 놈들!"

건우 할아버지는, 그렇게 해서 다시 국회의원, 다음은 하천 부지

의 매립 허가를 얻은 유력자…… 이런 식으로 소유자가 둔갑되어
간 사연들을 죽 들먹거리더니,

"이 꼴이 되고 보니 선조 때부터 둑을 맨들고 물과 싸워 가며 살
아온 우리들은 대관절 우찌 되능기요?"

그의 꺽꺽한 목소리에는, 건우가 지각을 하고 꾸중을 듣던 날,
"나릿배 통학생임더!" 하던 때의, 그 무엇인가를 저주하듯 한 감정이
꿈틀거리고 있는 것 같았다. 얼마나 그들의 땅에 대한 원한이 컸던
가를 가히 짐작할 수가 있었다.

"섬사람들도 한번 뻗대 보시지요?"

이렇게 슬쩍 건드려 봤더니, 이번엔 윤춘삼 씨가 얼른 그 말을 받
았다.

"선생님은 그런 걸 잘 알면서 그러네요. 우리 겉은 기 멀 알며, 무
슨 힘이 있십니꺼. 하도 하는 짓들이 심해서 한분 해 보기는 해 봤
지요. 그 문딩이 떼를 싣고 왔일 때 말임더……."

윤춘삼 씨는 그때의 화가 아직도 사라지지 않는 듯이 남은 술을
꿀꺽 들이켰다.

"쥑일 놈들!"

마치 그들의 입버릇인 듯 되어 있는 이 말을 안주처럼 되씹으며
윤춘삼 씨는 문둥이들과 싸운 얘기를 꺼냈다.

─큰 도둑질은 언제나 정치하는 놈들이 도맡아 놓고 한다는 게
서두였다. 그러면서도 겉으로는 동포애니 우리들의 현 실정이 어떠
니를 앞세우겠다! 그때만 해도 불쌍한 문둥이들에게 살 곳과 일거
리를 마련해 준다면서, 관청에서 뜻밖에 웬 문둥이들을 몇 배 해

신고 그 조마이섬을 찾아왔더란 거다. 그야말로 섬사람들에게는 아닌 밤중에 홍두깨 내미는 격으로. —옳아, 이건 어느 놈의 엉큼순지는 몰라도 필연 이 섬을 송두리째 집어삼킬 꿍심으로 우릴 몰아내기 위해서 한때 문둥이를 이용하는 거라고…… 누군가의 입에서부터 이런 말이 퍼지기 시작하고, 그래서 그 섬 사람들뿐 아니라 이웃 섬 사람들까지 한 둥치가 되어서, 그 문둥이 떼를 당장 내쫓기로 했더란 거다.

상대방은 자다가 호박을 주운 격인 병신들인데 오자마자 그 꼴을 당하고 보니 어리둥절은 하였지만, 그렇다고 호락호락 떠나갈 배짱들은 아니었다. 결국 나가라느니 못 나가겠느니 싸움이 벌어졌다.

"그때 바로 이 갈밭새 부자가 앞장을 안 섰능기요. 어데, 그때 문딩이한테 물린 자리 한분 봅시다."

윤춘삼 씨는 하던 말을 별안간 멈추고, 건우 할아버지 쪽을 쳐다보았다. 그러고는 골동품 같은 마도로스파이프를 뻑뻑 빨고만 있는 건우 할아버지의 왼쪽 팔을 억지로 걷어 올렸다. 나이에 관계없이 아직도 우악스러워 보이는 어깻죽지 바로 밑에 커다란 흉터가 하나 남아 있었다.

"한 놈이 영감 여길 어설피 물고 늘어지다가 그만 터졌거든!"

윤춘삼 씨는 자랑 삼아 이야기를 이었다.

—그렇게 악을 쓰는 문둥이들에 대해서, 몽둥이, 괭이, 쇠스랑 할 것 없이 마구 들이대고 싸웠노라고. 그래서 이쪽에도 물론 부상자가 났지만, 괜히 문둥이들이 많이 상하고, 덕택에 자기와 건우 할아버지를 비롯해서 많은 섬사람들이 그야말로 문둥이 떼처럼 줄줄이

경찰에 붙들려 가고……. 그러나 뒷일이 더 켕겼던지 관청에서는 그 '기막힌 동포애'를 포기하고 문둥이들을 도로 싣고 갔다는 얘기였다.

"그 바람에 저 사람은 육이오 때 감옥살일 또 안 했능기요. 머 예비 검거라 카드나……."

건우 할아버지가 이렇게 한마디 끼우니까,

"그거는 송아지 때문이라 캐도."

"누명을 써도 문둥이 빨갱이는 되기 싫은 모양이제? 송아지 빨갱이는 좋고……."

건우 할아버지의 이런 농에는 탓하지 않고서,

"그런 짓들 하다가 결국 그것들이 안 망했나."

윤춘삼 씨는 지금도 고소한 듯이 웃었다.

"다른 패들이 나와도 머 벨수 있더나?"

건우 할아버지는 내처 같은 표정을 하였다.

"그놈이 그놈이란 말이지? 입으로만 머니 머니 해 댔지, 밭 맨드라 카니 제우(겨우) 맨들어 논 강뚝이나 파헤치고, 나리(나루) 막는다 카면서 또 섬이나 둘러마실라 카이……."

윤춘삼 씨도 그리 밝은 표정은 아니었다.

"×선생님!"

건우 할아버지가 별안간 그 그로테스크한 얼굴을 내게로 돌렸다.

"우리 거무란 놈 말을 들으니 선생님은 글을 잘 씬다 카데요? 우리 섬에 대한 글 한분 써 보이소. 멋지기! 재밌실 낌데이. 지발 그 썩어 빠진 글을랑 말고……."

"썩어 빠진 글이라뇨?"

가끔 잡문 나부랭이를 써 오던 나는 지레 찌릿해졌다.

"와 그 신문 같은 데도 그런 기 수타(많이) 난다 카데요. 남은 보 릿고개를 못 냉기서 솔가지에 모가지들을 매다는 판인데, 낙동강 물이 파아랗니 푸르니 어쩌니…… 하는 것들 말임더."

갈밭새 영감이 이렇게 열을 내기 시작하자, 곁에 있던 윤춘삼 씨가,

"허허이 우리 ×선생이 오늘 잘못 걸렸네요. 이 영감이 보통이 아 임데이. 그래도 선배(선비)의 씨라꼬……."

핀잔 비슷이 말했지만, 건우 할아버지는 벌인춤이 되어 버렸다.

"하기싸 시인들이니칸에 훌륭하겠지요. 머리도 좋고……. 선생도 시인 아입니꺼. 그런데 와 우리 농사꾼이나 뱃놈들의 이바구는 통 안 씨능기요? 추접다꼬? 글 베린다꼬 그라능기요?"

입이 말을 한다기보다 차라리 수염이 떨어 댄다고 느껴질 정도 로, 건우 할아버지는 열을 냈다.

"그만하소. 영감이 머 글이나 이르능기요. 밤낮 한다는 기 '곡구 롱 우는 소리'지. 어데 그기나 한분 해 보소."

윤춘삼 씨가 또 참견을 했다.

"곡구롱 우는 소리라뇨?"

나도 윤 씨의 그 말에 귀가 쏠렸다. 어떤 고시조가 문득 생각났기 때문이다.

"어데, 해 보소. 모초롬 선생님을 모신 자리니."

하는 윤춘삼 씨의 말에, 그는 괜한 소리를 했구나 하는 표정을 지 으며, 그 껑껑한 목청에 느린 가락을 넣기 시작했다.

곡구롱 우는 소리에 낮잠 깨어 니러 보니

작은아들 글 이르고 며늘아기 베 짜는데 어린 손자는 꽃놀이한다.

마초아 지어미 술 거르며 맛보라고 하더라.

건우 할아버지는 갑자기 침착해진 채 눈을 노 지그시 감고 불렀다. 땀이 번지르르한 관자놀이 짬에 가뜩이나 굵은 맥이 한 줄 불쑥 드러나 보이기까지 하였다. 가락은 육자배기에 가까웠으나, 내용은 역시 내가 생각했던 오(吳) 아무개의 고시조였다.

"이 노래 하나만은 정말 떨어지게 잘한다카이!"

윤춘삼 씨는 나 못지않게 감탄을 하면서, 그가 그 노래를 즐겨 부르는 사연을 대강 이렇게 말했다. ─ 그러니까 그의 증조부 되는 분이 옛날 서울에서 무슨 벼슬깨나 하다가, 그놈의 당파 싸움에 휘말려서 억울하게 그곳 조마이섬으로 귀양인지 피신인지를 해 와 살았는데, 그분이 살아 계실 때 즐겨 읊던 시조란 것이었다.

사연을 듣고 보니, 새삼 생각되는 바가 있었다. 그 노래를 부를 때의 갈밭새 영감의 표정에, 은근히 누군가를 사모하는 듯한 빛이 엿보였을 뿐 아니라, 그 꺽꺽한 목청에도 무엇인가를 원망하는 듯, 혹은 하소하는 듯한 가락이 확실히 떨리고 있었기 때문이다. 착각이 아니리라! 동시에 나는 아까 본 건우 군의 집 사립 밖에 해묵은 수양버들 몇 그루가 서 있던 광경이 새삼 기억에 떠오르고, 건우 어머니의 수인사 태도나 집안을 다스리는 범절이 어딘지 모르게 체통이 있는 선비 가문의 후예같이 짚어졌다.

"아드님은 육이오 때 잃으셨다지요?"

내가 술을 한 잔 더 권하며 위로 삼아 물으니까,

"야…… 큰놈은 그래서 빼도 못 찾기 되고 작은놈은 머 사모아섬이라 카던기요. 그곳 바다 속에 녀어(넣어) 버렸지요."

"사모아섬?"

나는 그의 기구한 운명을 생각했다.

"야, 삼치잡이 배를 탔거던요……."

이러고 한숨을 쉬는 건우 할아버지의 뒤를 곁에 있던 윤춘삼 씨가 또 대신 받아 이었다.

"와 언젠가 신문에도 짜다라(많이) 안 났던기요. '허리켄'인가 먼가 하는 폭풍을 만내 시운찮은 우리 삼칫배들이 마구 결단이 난 일 말임더."

나도 건우 할아버지도 더 말이 없는데, 윤춘삼 씨가 혼자 화를 내듯,

"낙동강 잉어가 띠이 정지(부엌) 바닥에 있던 부지깽이도 띤다 카듯이, 배도 남 씨다가(쓰다가) 배린 걸 사 가주고 제북 원양 어업인가 먼가 숭내를 낼라 카다가 배만 카이는(배뿐만 아니라) 사람들까지 떼죽음을 안 시킸능기요. 거이다가(게다가) 머 시체도 몬 찾았거이와 회사가 워낙 시원찮아 노오니 위자료란 기나 어데 지대로 나왔능기요. 택도 앙이지 택도 앙이라!"

"없는 놈이 할 수 있나. 그저 이래 죽고 저래 죽는 기지 머!"

갈밭새 영감은 이렇게 내뱉듯이 해 던지고선, 아까부터 손 안에서 만지작거리고 있던 두 알의 가래 열매를 별안간 세차게 달가닥대기 시작했다. 마치 그렇게라도 함으로써 세상의 모든 근심 걱정을

잊어버리기나 하려는 듯이. 어찌 들으면 남의 신경을 곤두세우게 하
는 그 딱딱한 소리가, 실은 어떤 깊은 분노의 분출을 억제하는 그
의 마음의 울부짖음 같기도 했다.

그러나 나는 이내, 따그르르 따그르르 하는 그 소리가, 바로 나룻
가 갈밭에서 요란스럽게 들려오는 진짜 갈밭새들의 약간 처량스런
울음소리와 흡사하다고 느꼈다. 한편 또 조마이섬의 갈밭 속에서
나고 늙어 간다는 데서 지어졌으리라고 믿어 왔던 갈밭새란 별명이,
어쩜 그가 즐겨 굴리는 그 가래 소리가 갈밭새의 울음소리와 비슷
한 데 연유되지나 않았을까 하는 생각이 들기도 했다.

세 사람은 한참 동안 말이 없었다. 갓 나온 듯한 흰 부나비 두 마
리가 갈팡질팡 희미한 전등에 부딪칠 뿐이었다. 파다닥거리는 소리
도 없이.

그러고 두어 달이 지났다.

낙동강 물이 몇 차례 불었다 줄었다 하는 동안에 그해 여름도 어느덧 막바지에 접어들었다. 갈대도 인제 길길이 자라서, 가뜩이나 섬사람들의 눈에도 잘 띄지 않는다는 갈밭새들이, 더욱 깃들기 좋을 만큼 우거진 무렵이었다. 아침저녁 그 속에서 갈밭새들이 한결 신나게 따그르르 따그르르 지저귀어 대면 머지않아 갈목도 빠져나온다 한다. 물론 학교도 방학이 끝날 무렵이다.

건우는 그동안 그 지긋지긋한 지각 걱정을 안 해도 좋았다. 한나절이면 그야말로 물거미처럼 물 위를 둥둥 떠다녀도 무방했다.

아닌 게 아니라 한여름 동안 얼마나 물과 볕에 그을었는지, 마지막 소집 날에 나타난 건우의 얼굴은, 사시장춘 바다에서 산다는 즈 할아버지 못지않게 검둥이가 되어 있었다.

"어지간히 그을었구나. 할아버지와 어머니도 잘 계시니?"

늦게까지 어름거리는 그를 보고 일부러 물어봤더니,

"예, 수박 자시러 오시라 캅디더."

어머니의 전갈일 테지, 딴소리까지 했다. 까막딱지가 묻힐 정도로 새까매진 얼굴이라 이빨이 유난히 희게 빛났다.

"집에서 수박을 심었던가?"

"예, 언제쯤 오실랍니꺼?"

숫제 다그쳐 묻는 것이었다.

"글쎄, 언제 한번 가지."

"꼭 모시고 오라 카던데요?"

"그래, 오늘은 안 되고. 여가 봐서 한번 갈 테니까."

나는 그의 좁다란 어깨를 툭 쳐 주며 돌려보냈다.

처서가 낼 모레니까 수박도 한물갈 때리라. 이왕이면 처서께쯤 한 번 가 볼까 싶었다.

그런데 공교히도 그 처서 날에 비가 내리기 시작했다. 처서에 비가 오면 독 안의 곡식도 준다는 하필 그날에 추적추적 비가 내리기 시작했으니, 내가 건우네 집으로 가고 안 가고가 문제가 아니라, 그러한 경험과 속담 속에 살아온 농촌 사람들의 찌푸려질 얼굴들이 먼저 눈에 떠올랐다.

게다가 이건 이른바 칠팔월 진장마가 아니라, 하루 이틀, 그러다가 사흘째부터는 바로 억수로 변해 가더니, 마침내 광풍까지 겹쳐서 온통 폭풍우로 바뀌고 말았다. 육십 년래 처음이니 뭐니 하고 떠드는 라디오나 신문 들의 신나는 듯한 표현들은 나중에 있은 얘기고, 아무튼 그날 새벽에는 하늘이 내려앉고 땅이 뒤흔들리기나 하듯이 우레 번개가 잦고 비바람이 사나웠다.

이렇게 되면 속담 말로 '칠월 더부살이 주인마누라 속곳 걱정' 정도의 장마 경황이 아니다. 더부살이도 우선 제 살 구멍 찾기가 급하다. 반면 제 한 몸이나 제 집구석에 별 탈만 없으면 남의 불행쯤은 오히려 구경 삼아 보아 넘기는 것이 도회지 사람들의 버릇이다.

한창 천지가 진동하던 몇 시간 동안은 옴짝달싹도 않던 사람들이, 비가 좀 뜨음하니까 사립 밖으로 꾸역꾸역 기어 나오기가 바빴다. 늙은이나 어린애들은 하불실 가까운 개울가쯤 나가면 족하지만, 어른들은 그 정도로서는 한에 차질 않는다.

"낙동강이 넘는다지?"

"구포다리가 우투룸단다!"

가납사니 같은 도시 사람들은 제멋대로 그럴싸한 소문을 퍼뜨리며, 소위 물 구경에 미쳐서 낙동강이 내려다보이는 언덕으로 산으로 올라들 갔다.

내가 집을 나선 것은 반드시 그러한 호기심에서만이 아니었다. 다행히 하단 방면으로 가는 버스가 통한다기 얼른 그것을 집어탔다. 군데군데 시뻘건 뻘물이 개울을 이루고 있는 길을, 차는 철버덕 철버덕 기어가듯 했다.

대티고개서부터 내 눈은 벌써 김해 들을 더듬었다.

'저런……!'

건우네 집이 있는 조마이섬 일대는 어느덧 벌건 홍수에 잠겨 가고 있지 않은가! 수박이 문제가 아니다.

다시 흩날리기 시작하는 차창 밖의 빗속을 뚫고서, 내 시선은 잘 보이지도 않는 조마이섬 쪽으로 얼어붙었다. 동시에 "나릿배 통학생임더!" 하던 건우 군의 가냘픈 목소리가 갑자기 귀에 쟁쟁 되살아나는 것 같았다.

고개 넘어서부터 차는 더욱 끼우뚱거렸다. 논두렁을 밀고 넘어오는 물살이 숫제 쏴 하는 소리까지 내면서 길을 사뭇 덮었다. 때로는 길과 논밭이 얼른 분간이 안 되어, 가로수를 어림해서 달리기도 했다. 그럴 때마다 차 안의 손님들은 한층 더 떠들어 댔다. 대부분이 무슨 사연들이 있어서 가는 사람들이었지만, 그러한 사연들보다 우선 눈앞의 사정에 더욱 정신을 파는 것 같았다.

하단 나루께는 이미 발목물이 넘었다. '사라호'에 데인 경험이 있는 그곳 주민들은, 잽싸게 이불이랑 세간 부스러기들을 산으로 말끔 옮겨 놓았고, 부랴부랴 끌어 올린 목선들이 여기저기 나둥그러져 있는 길 위에는, 볼멘소리를 내지르는 아낙네와 넋 잃은 듯한 사내들이 경황없이 서성거릴 뿐이었다.

물론 나룻배가 있을 리 없었다. 예측 안 한 바는 아니지만, 행여나 싶었던 마음에도 실망은 컸다.

배 없는 나루터를 비롯해서 가까운 강가에는, 경비를 나온 듯한 소방대원 같은 복장의 사람들과 순경 한 사람이 버티고 있었다. 아무리 가까이 오지 말라, 혹은 가지 말라 외 대도 사람들은 들은 체 만 체였다. 물이 점점 더 붇고 있는 모양이었다.

나는 닭 쫓던 개 지붕 쳐다보듯이 밀려오는 강물만 맥없이 바라보았다. 어느 산이라도 뒤엎었는지 황토로 물든 물굽이가 강이 차게 밀려 내렸다. 웬만한 모래톱이고 갈밭이고 남겨 두지 않았다. 닥치는 대로 뭉개고 삼킬 따름이었다. 그러고도 모자라는 듯 우르르 하는 강울림 소리는 더욱 무엇을 노리는 것같이 으르릉댔다.

둑이 넘을 정도로 그악스럽게 밀려 내리는 것은 벌건 물굽이만이 아니었다. 얼마나 많은 들녘들을 휩쓸었는지, 보릿대랑 두엄 더미들이 무더기 무더기로 흘러내리는가 하면, 수박이랑 외, 호박 따위까지 끼리끼리 줄을 지어 떠내려왔다. 이상스런 것은 그러한 것들이 마치 서로 약속이라도 한 듯이 모두 강 한가운데로만 줄을 지어 지나가는 것이었다.

"쳇, 용케도 피해 간다!"

저만큼 떨어진 데서, 장대 끝에 접낫을 해 단 억척보두들이 둥글둥글한 수박의 행렬을 향해 군침들을 삼켰다.

"그까진 수박은 껀지서 머할라꼬? 하불실 돼지 새끼라도 아담아 내야지!"

이런 농지거리도 들렸다. 역시 접낫을 해 든 주제에. 이들은 그저 물 구경을 나온 것이 아니라, 그런 가운데서도 엄연히 생활을 계산하고 있는 것이었다.

나는 그들의 대담한 태도와 농담에 잠깐 정신을 팔다가, 다시 조마이섬이 있는 쪽으로 눈을 돌렸다. 부슬비가 계속 광풍에 흩날리고 있었다. 얼핏 홍적기(洪積期)를 연상케 하는 몽롱한 안개비 속이라, 어디가 어딘지 분별할 도리가 없었다.

'건우네 집은 벌써 홍수에 잠기지나 않았을까?'

불안한, 그리고 불길한 예감이 자꾸 들기 시작했다.

"물이 이 정도로 불어나면 건너편 조마이섬께는 어찌 되지요?"

생면부지한 접낫패들에게 불쑥 묻기까지 하였다.

"조마이섬?"

돼지 새끼를 안아 내겠다던 키다리가 나를 흘끗 쳐다보더니,

"맹지면에서는 땅이 조금 높은 편이라 카지만, 물이 이래 불으면 마찬가지지요. 만약 어제 그런 소동이 안 일어났이문 밤새 무슨 탈이 났을지도 모를 끼요."

"어제 무슨 일이라도 있었던가요?"

나는 신경이 별안간 딴 곳으로 쏠렸다.

"있다 뿐이라요! 문둥이 쫓아낼 때보다는 덜했겠지만, 매립(埋立)인강 먼강 한답시고 밀가리만 잔득 띠이 처먹고 그저 눈가림으로 해 놓은 둘(둑)을 섬사람들이 우 대들어서 막 파헤쳐 버리고, 본래대로 물길을 티왔다 카드만요. 글 안 했이문⋯⋯."

키다리는 혼자서 신을 내 가며 떠들었다.

"씰데없는 소리 말게. 괜히 또 혼날라꼬⋯⋯."

곁에 있던 약삭빠른 얼굴의 사내가 이렇게 불쑥 쏘아붙이듯 하더니, 마침 저만큼 떠내려오는 널빤지를 향해서 잽싸게 접낫을 던졌다. 그러나 걸리지는 않았다. 그렇게 허탕을 친 것이 마치 이쪽의 잘못이나 되는 듯이,

"조마이섬에 누가 있소?"

내뱉듯 한 소리가 짐짓 퉁명스러웠다.

"건우란 학생이 있어서⋯⋯."

나는 일부러 학생의 이름까지 대 보았다.

약삭빠른 눈초리가 다시 물굽이만 쏘아보고 말이 없으니까, 또 그 키다리가,

"그 아아 아배가 누군교?"

하고 나를 새삼 쳐다보았다.

"아버진 없고, 즈 할아버지 별명이 갈밭새 영감이라더군요."

나는 건우 할아버지의 이름이 얼른 생각나지 않았다.

"아, 그렁기요. 좋은 노인임더."

키다리는 접낫대를 세워 들더니,

"조마이섬의 인물 아잉기요. 어지(어제) 아침 이곳을 지내갔는데, 그때 대강 알아봤거든……. 가고 난 뒤 얼마 안 돼서 그 일이 났단 말이여."

말머리가 어느덧 자기들끼리로 돌아갔다. 나는 굳이 파고 묻지 않았다.

그때 마침 판잣집 용마루 비슷한 길다란 나무가 잠겼다 떴다 하며 떠내려가자, 조금 떨어진 신신바위 짬에서 별안간 쬐깐 쪽배 하나가 쏜살같이 나타나더니, 기어코 그놈에게 달라붙어서 한참 파도와 싸우며 흐르다가 마침내 저 아래쪽 기슭에 용케 밀어다 붙였다. 박수를 치기까지는 모두 숨을 죽이고 바라보기만 했다. 용감하다기보다 차라리 처참한 광경이었다. 나는 거기서, 누구에게도 보장을

46

받아 오지 못한 절박한 생활을 읽었다. 한 표의 값어치로서가 아니라, 다만 살기 위해서 스스로 죽을 모험을 무릅쓰는 그러한 행위는, 부질없이 그것을 경계하거나 방해하는 힘을 물리침으로써만 오히려 목숨 그 자체를 이어 갈 수 있다는 산 증거 같기도 했다.

'갈밭새 영감이나 송아지 뺄갱이도 그냥 있지는 않았으리라……!'

나는 조마이섬의 일이 불현듯 더 궁금해져서 이내 구포 가는 버스를 잡아탔다. 다리만 건너면 조마이섬에 가까이까지 갈 수 있으리라 믿었다.

포구 다릿목에서 차를 내렸으나 물은 이미 위험 수위를 훨씬 통과해서, 다리는 통금이 되어 있었다. 비상경계의 붉은 깃발이 찢어질 듯 폭풍우에 펄럭이고, 다릿목을 건너지른 인줄 곁에는 한국인 순경과 미군이 버티고 있었다. 무거워 보이는 고무 비옷에 철모를 푹 눌러쓰고 방망이를 해 든 폼이 여간 엄중해 뵈지 않았다.

그런데도 무슨 핑계들을 꾸며 대고 용케 건너가는 사람들이 있었다. 더러는 다리 위에서 유유히 물 구경을 하는 사람들도. 나도 간신히 그들 틈에 끼었다. 우르르르 하는 강울림은 다리 위에서 듣기가 한결 우람스러웠다.

통행금지의 팻말이 서 있어도, 수해 시찰을 나온 듯한 새까만 관용차만은 사뭇 물을 튀기며 지나갔다. 바람이 휘몰아칠 때는 거기에 날리거나 하듯이 더욱 빨리 지나갔다. 요컨대 일종의 모험이기도 했으리라. 안에 타고 있는 얼굴들은 알 길이 없었지만, 어련히 심각한 표정들을 했으랴 싶었다.

내려다봄으로 해서 한결 사나운 물굽이가 숫제 강을 주름잡듯 둘둘 말려 오다간, 거의 같은 지점에서 쏴아 하고 부서졌다. 그럴 때마다 구슬, 아니 퉁방울 같은 물거품이 강 위를 휘덮고, 때로는 바람결을 따라서 다리 위에까지 사뭇 퉁겼다. 그러한 강 한가운데를 잇달아 줄을 지어 떠내려오는 수박이랑 두엄 더미들이, 하단서 볼 때보다 훨씬 많았다. 말하자면 일종의 장관에 가까웠다.

"아까 그 송아지는 정말 아깝던데……."

이런 뚱딴지같은 소리도 푸뜩 귓가를 스쳐 갔다.

조마이섬이 있는 먼 명지면 쯤은 완전히 물바다로 보였다. 구름을 이고 한가하던 원두막들은 다시 찾아볼 길이 없고, 길찬 포플러나무들도 겨우 대공이만은 남은 듯, 바람에 누웠다 일어났다 했다.

지루하게 긴 다리를 지루하게 건너, 물 구경 나온 인파를 헤치고 강둑길을 얼마 못 갔을 때였다. 뜻밖에 거기서 윤춘삼 씨와 마주쳤다. 헐레벌떡 빗속을 뛰어오던 송아지 빨갱이, 아니 윤춘삼 씨는 머리끝에서 발끝까지가 온통 물에서 막 건져 올린 사람처럼 젖어 있었다. 하긴 내 꼴도 그랬을 테지만.

"우짠 일인기요?"

하고 덥석 내 손을 검잡는 윤춘삼 씨는, 그저 반갑다기보다 숫제 고마워하는 기색까지 보였다.

"조마이섬은 어찌 됐소?"

수인사란 게 이랬더니,

"말 마이소. 자, 저리 가서 이야기나 합시더……."

그는 나를 도로 다릿목 쪽으로 끌었다.

"아니, 섬 쪽으로 가 보려 했는데요?"

"가야 아무것도 없소. 모두 피난소로 옮기고, 남은 건 물바다뿐임 더. 우짤라꼬 이놈의 하늘까지……."

별안간 또 한 줄기 쏟아지는 비도 피할 겸 윤춘삼 씨는 나를 다릿목 어떤 가겟집으로 안내했다. 언젠가 하단서 같이 들렀던 집과 거의 비슷한 차림의 주막집이었다.

둘 사이에는 한참 동안 말이 없었다. 너무나 다급하고 또 수다한 말들이 두 사람의 입을 한꺼번에 봉해 버렸다 할까?

"건우네 가족도 무사히 피난을 했겠지요?"

먼저 내 입에서 아까부터 미뤄 오던 말이 나왔다.

"야……."

해 놓고도 어쩐지 말끝이 석연치 않았다.

"집들은 물론 결단이 났겠지만, 사람은 더러 상하진 않았던가요?"

나는 이런 질문을 해 놓고, 이내 후회했다. 으레 하는 빈격정 같아서.

"집이고 농사고 머 있능기요. 다행히 목숨들만은 껀졌지만, 그 바람에 갈밭새 영감이 또 안 끌리갔능기요."

윤춘삼 씨는 가슴이 내려앉는 듯한 무거운 한숨을 내쉬었다.

"건우 할아버지가?"

나는 하단서 그 접낫패에게 얼핏 들은 얘기를 상기했다.

"그래서 내가 지금 경찰서꺼정 갔다 오는 길인데, 마침 잘 만냈심더. 글 안 해도……."

기진맥진한 탓인지, 그는 내가 권하는 술잔도 들지 않고, 하던 이야기만 계속했다.

바로 어제 있은 일이었다. 하단서 들은 대로 소위 배짱들이 만들어 둔 엉터리 둑을 허물어 버린 얘기였다.

─비는 연 사흘 억수로 쏟아지지, 실하지도 않은 둑을 그대로 두었다가 물이 더 불었을 때 갑자기 터진다면 영락없이 온 섬이 떼죽음을 했을 텐데, 마침 배에서 돌아온 갈밭새 영감이 선두를 해서 미리 무너뜨렸기 때문에 다행히 인명에는 피해가 없었다는 것이다.

"그런데 와 건우 할아버진 끌고 갔느냐고요?"

윤춘삼 씨는 그제야 소주를 한 잔 훅 들이키고 다음을 계속했다.

─섬사람들이 한창 둑을 파헤치고 있을 무렵이었다 한다. 좀 더 똑똑히 말한다면, 조마이섬 서쪽 강둑길에 검정 지프차가 한 대 와 닿은 뒤라 한다. 웬 깡패같이 생긴 청년 두 명이 불쑥 현장에 나타나더니, 둑을 허물어뜨리는 광경을 보자마자, 이내 노발대발 방해를 하기 시작하더라고. 엉터리 둑을 막아 놓고 섬을 통째로 집어삼키

려던 소위 유력자의 앞잡인지 뭔지는 모르되, 아무리 타일러도, "여보, 당신들도 보다시피 물이 안팎으로 이렇게 불어나는데 섬사람들은 어떻게 하란 말이오?" 해 봐도, 들어 주긴커녕 그중 힘깨나 있어 보이는, 눈이 약간 치째진 친구가 되려 갈밭새 영감의 괭이를 와락 뺐더니 물속으로 핑 집어 던졌다는 거다. 그러곤 누굴 믿고 하는 수작일 테지만 후욕패설을 함부로 뇌까리자, 순간 화가 머리끝까지 치밀었을 갈밭새 영감도,

"이 개 같은 놈아, 사람의 목숨이 중하냐, 네놈들의 욕심이 중하냐?"

말도 채 끝내기 전에, 덜렁 그자를 들어서 물속에 태질을 해 버렸다는 것이다. 상대방은 '아이고' 소리도 못 해 보고 탁류에 휘말려 가고, 지레 달아난 녀석의 고자질에 의해선지 이내 경찰이 둘이나 달려왔더라고.

"내가 그랬소!"

갈밭새 영감은 서슴지 않고 두 손을 내밀었다는 거다. 다행히도 벌써 그때는 둑이 완전히 뭉거지고, 섬을 치덮던 탁류도 빙 에워 돌며 뭉그적뭉그적 빠져나가고 있었다는 것이다.

"정말 우리 조마이섬을 지키다시피 해 온 영감인데…… 살인죄라니 우짜문 좋겠능기요?"

게까지 말하고 나를 처다보는 윤춘삼 씨의 벌건 눈에서는 어느덧 닭똥 같은 눈물이 뚝뚝 떨어지기 시작했다.

법과 유력자의 배짱과 선량한 다수의 목숨……. 나는 이방인(異邦人)처럼 윤춘삼 씨의 캉캉한 얼굴을 건너다보았다.

폭풍우는 끝났다. 60년래 처음이니 뭐니 하고 수다를 떨던 라디오와 신문들도 이제는 거기에 대해선 감쪽같이 말이 없었다. 그저 몇몇 일간 신문의 수해 구제의연란에 다소의 금액과 옷가지들이 늘어 갈 뿐이었다.

섬사람들의 애절한 하소연에도 불구하고 육십이 넘은 갈밭새 영감은 결국 기약 없는 감옥살이로 넘어갔다.

그리고 9월 새 학기가 되어도 건우 군은 학교에 나타나지 않았다. 끝내 돌아오지 않았다. 그의 일기장에는 어떠한 글이 적힐는지?

황폐한 모래톱 — 조마이섬을 군대가 정지를 하고 있다는 소문이 들렸다.

1966년 6월

* 《문학》 1966년 10월호에 실린 것을 바탕으로 함.

가납사니 쓸데없는 말을 지껄이기 좋아하는 수다스러운 사람.

갈대청 갈대의 줄기 안쪽에 붙어 있는 아주 얇고 흰 막.

갈목 갈대의 이삭.

갯바람 바다에서 육지로 부는 바람.

검잡다 거머잡다. 손으로 휘감아 잡다.

고대 이제 막. 바로 곧.

곡구롱 곳구롱. 꾀꼬리가 우는 소리.

교원 각급 학교에서 학생을 가르치는 사람을 통틀어 이르는 말.

교편 교사가 수업이나 강의를 할 때 필요한 사항을 가리키기 위하여 사용하는 가느다란 막대기. (교편을 잡다: 학교에서 교사 생활을 하다.)

그로테스크(grotesque)하다 겉모습이나 분위기가 괴상하고 기이하다.

그악스럽다 ① 보기에 사납고 모진 데가 있다. ② 끈질기고 억척스러운 데가 있다.

기백 백의 몇 배가 되는 수. 또는 그런 수의.

길차다 나무가 우거져 깊숙하다.

꺽꺽하다 사람의 목소리나 성질 따위가 억세고 거칠어서 부드러운 느낌이 없다.

꼬투리 어떤 이야기나 사건의 실마리.

꿍심 남에게 드러내 보이지 아니하고 속으로만 어떤 일을 꾸며 우물쭈물하는 속셈.

남새밭 채소를 심어 가꾸는 밭.

내처 어떤 일 끝에 더 나아가. 줄곧 한결같이.

농지거리 점잖지 아니하게 함부로 하는 장난이나 농담을 낮잡아 이르는 말.

닦이다 혼이 나다. 꾸중을 듣다.

당도하다 어떤 곳에 다다르다.

대공이 대강이. 머리 부분을 속되게 이르는 말.

더부살이 남에게 얹혀사는 일.

동척 동양척식주식회사. 1908년에 일본이 한국의 경제를 독점, 착취하기 위하여 세운 국책 회사.

둔갑 사물의 본디 형체나 성질이 바뀌거나 가리어짐을 비유적으로 이르는 말.

뒤퉁스럽다 미련하거나 찬찬하지 못하여 일을 잘 저지를 듯하다.

똑딱선 발동기로 움직이는 작은 배.

마도로스파이프 담배통이 크고 뭉툭하며 대가 짧은 서양식 담뱃대의 하나. 뱃사람들이 주로 사용한 데서 유래한다.

마루청 마룻바닥에 깔아 놓은 널빤지의 조각.

마초아 마침.

말눈치 말하는 가운데에 은근히 드러나는 어떤 태도.

매립 우묵한 땅이나 하천, 바다 등을 돌이나 흙 따위로 채움.

메끝 산의 끝부분.

명의 문서상의 권한과 책임이 있는 사람.

모래톱 강가나 바닷가에 있는 넓고 큰 모래벌판.

목롯집 목로(주로 선술집에서 술잔을 놓기 위하여 쓰는, 널빤지로 좁고 기다랗게 만든 상)를 차려 놓고 술을 파는 집.

무가내 막무가내. 도무지 융통성이 없고 고집이 세어 어찌할 수 없음.

묵묵하다 말없이 잠잠하다.

묵연하다 잠잠히 말이 없다.

미문 아름다운 문장. 또는 아름다운 글귀.

발목물 겨우 발목 정도까지 잠길 만한 얕은 물.

배내 남의 가축을 길러서 가축이 다 자라거나 새끼를 밴 뒤에 주인과 나누어 가지는 제도.

배짱 조금도 굽히지 아니하고 버티어 나가는 성품이나 태도.

벌인춤 이미 시작하여 중간에 그만둘 수 없는 것을 이르는 말.

부나비 불나방.

불하하다 국가 또는 공공 단체의 재산을 개인에게 팔아넘기다.

사래 이랑(논이나 밭을 갈아 골을 타서 두두룩하게 흙을 쌓아 만든 곳)의 길이.

사시장춘 어느 때나 늘 봄과 같음. 여기서는 '사시장철(어느 때나 늘)'과 같은 뜻.

삼각주 강이 바다로 들어가는 어귀에, 강물이 운반하여 온 모래나 흙이 쌓여 이루어진 편평한 지형.

원야 개척하지 아니하여 인가가 없는 벌판과 들.

상일 별로 기술이 필요하지 않은 막일.

생면부지 서로 한 번도 만난 적이 없어서 전혀 알지 못하는 사람. 또는 그런 관계.

성큼하다 키가 큰 사람의 아랫도리가 윗도리보다 어울리지 않게 길쭉하다.

솔가지 땔감으로 쓰려고 꺾어서 말린 소나무 가지.

송구스럽다 마음에 두렵고 거북한 느낌이 있다.

수인사 인사를 차림.

숫기 활발하여 부끄러워하지 않는 기운.

숫제 처음부터 차라리. 또는 아예 전적으로.

아닌 밤중에 홍두깨 별안간 엉뚱한 말이나 행동을 함을 비유적으로 이르는 말.

아명 아이 때의 이름.

악지 잘 안 될 일을 무리하게 해내려는 고집.

어름거리다 말이나 행동을 똑똑하게 분명히 하지 못하고 우물쭈물하다.

어리무던하다 사람됨이나 마음씨가 어질고 무던하다.

억척보두 심성이 굳고 억척스러운 사람.

얼씬 조금 큰 것이 눈앞에 잠깐 나타났다 없어지는 모양.

여가 일이 없어 남는 시간.

역둔토 역토(역에 속한 논밭)와 둔토(군대의 군량을 마련하기 위하여 만든 논밭)를 아울러 이르는 말.

외다 같은 말을 되풀이하다.

외간 남자 여자가 친척 아닌 남자를 일컫는 말.

용마루 지붕 가운데 부분에 있는 가장 높은 수평 마루.

우악스럽다 보기에 미련하고 험상궂은 데가 있다.

우투룸다 위태롭다. 어떤 형세가 마음을 놓을 수 없을 만큼 위험한 듯하다.

워카 라인 1950년 6월 25일, 기습적인 불법 남침을 시작한 북한군은 7월 말에 이르러 낙동강을 도하하여 대구와 부산을 잇는 아군의 대동맥을 끊으려고 압박을 가하였다. 이에 미8군 사령관 워커 장군은 북한군의 공격에 대한 최후의 방어선으로서, 낙동강과 그 상류 동북부의 산악 지대를 잇는 천연 장애물을 이용한 방어선을 구축하여 이를 사수하기로 하였다. 이 방어선을 '워커 라인'이라고도 부른다.

위자료 불법 행위로 인하여 생기는 손해 가운데 정신적 고통이나 피해에 대한 배상금.

유력자 세력이나 재산이 있는 사람.

육자배기 남도 지방에서 부르는 잡가의 하나. 가락의 굴곡이 많고 활발하며 진양조장단이다.

이르다 읽다.

이바구 이야기.

입성 옷.

잡문 일정한 체계나 문장 형식에 구애받지 않고 되는대로 쓴 글.

진갈 사람을 시켜 말을 전하거나 안부를 물음. 또는 전하는 말이나 안부.

접낫 자그마한 낫.

정종 일본식으로 빚어 만든 맑은술.

정지 땅을 반반하고 고르게 만듦. 또는 그런 일.

진장마 맑은 날 없이 일정 기간 계속 비가 오는 것.

체목 집을 지을 때 기둥, 도리 따위에 쓰는 재목.

칠월 더부살이 주인마누라 속곳 걱정 남의 집에 더부살이하면서 제 옷도 변변히 못 입는 형편에 주인집 마누라의 속곳 마련할 걱정을 한다는 뜻으로, 주제넘게 남의 일에 대하여 걱정함을 이르는 말.

칠칠하다 성질이나 일 처리가 반듯하고 야무지다.

캉캉하다 얼굴이 몹시 야위어 날카롭게 보이다.

켕기다 마음속으로 겁이 나고 탈이 날까 불안해하다.

키 곡식 따위를 까불러 쭉정이나 티끌을 골라내는 도구.

탁류 흘러가는 흐린 물.

태질 세게 메어치거나 내던지는 짓.

텁석부리 텁석나룻(짧고 더북하게 많이 난 수염)이 난 사람을 놀림조로 이르는 말.

통감 대한제국 때에, 일제가 설치한 통감부의 장관.

하불실 아무리 적어도, 적은 만큼의 희망이 있음을 이르는 말.

한물가다 한창때가 지나 기세가 꺾이다.

할쑥하다 얼굴이 야위고 핏기가 없다.

해묵다 어떤 일이나 감정이 해결되지 못한 상태에서 여러 해를 넘기거나 많은 시간이 지나다.

홍적기 신생대 제4기의 첫 시기. 인류가 발생하여 진화한 시기이다. 지구가 널리 빙하로 덮여 몹시 추웠고, 매머드 같은 코끼리와 현재의 식물과 같은 것이 생육하였다.

후욕패설 남에게 이치에 맞지도 않는 험한 말을 하며 마구 대하는 것.

묻고 답하며 읽는
〈모래톱 이야기〉

배경

인물·사건

작품

주제

1_ 인물을 만나다

왜 '갈밭새 영감'이라고 불리나요?
무엇이 갈밭새 영감을 화나게 할까요?
왜 '송아지 빨갱이'라고 불리나요?
윤춘삼은 어떤 역할을 하나요?
건우는 어떤 역할을 하나요?
건우는 어떤 생각을 가진 아이일까요?
'나'는 왜 조마이섬 이야기를 썼을까요?
'나'는 왜 자신을 '이방인'이라고 했을까요?

2_ 배경을 살피다

조마이섬은 어떤 곳인가요?
왜 조마이섬 주인이 자꾸 바뀌나요?
왜 '조마이섬 이야기'가 아니고 '모래톱 이야기'인가요?

3_ 갈등과 사건을 풀어내다

갈밭새 영감은 조마이섬을 지키기 위해 어떤 노력을 했나요?
'홍수'는 어떤 역할을 하나요?
'썩어 빠진 글'은 어떤 글인가요?
왜 소설의 끝을 소문으로 마무리할까요?

1

인물을 만나다

저항의 상징, 갈밭새 영감

나이 : 62세
직업 : 어부
역할 : 조마이섬의 파수꾼
외모 : 구레나룻이 있는 구릿빛 얼굴. 깊은 주름과 납작한 이마를 가진 무서운 인상
성격 : 조마이섬에서 태어나 자란 섬 토박이로, 날카로운 현실 비판 의식을 갖고 있으며, 불의의 권력에 굽히지 않는 강인한 성격

갈밭새 영감, 즉 건우 할아버지는 증조부 되는 분이 서울에서 벼슬을 하다 당파 싸움에 휘말려 조마이섬으로 귀양을 와 살게 되면서 이곳에서 나고 자랐어요. 건우 할아버지는 선비의 후예답게 강직한 성품을 가지고 있으며 불의를 보면 참지 않고 끝까지 저항하는 인물이에요. 또 '곡구롱 우는 소리'라는 시조를 아주 멋지게 뽑아내는 사람이기도 해요.

갈밭새 영감은 조마이섬에 뿌리를 박고 자란 이 섬의 토박이로, 이 섬에서 일어났던 온갖 부조리에 맞서 저항한 살아 있는 전설 같은 사람이에요.

왜 '갈밭새 영감'이라고 불리나요?

그러나 나는 이내, 따그르르 따그르르 하는 그 소리가, 바로 나룻가 갈밭에서 요란스럽게 들려오는 진짜 갈밭새들의 약간 처량스런 울음소리와 흡사하다 느꼈다. 한편 또 조마이섬의 갈밭 속에서 나고 늙어 간다는 데서 지어졌으리라 믿어 왔던 갈밭새란 별명이, 어쩜 그가 즐겨 굴리는 그 가래 소리가 갈밭새의 울음소리와 비슷한 데 연유되지나 않았을까 하는 생각이 들기도 했다.

사람은 누구나 이름이 있어요. 갈밭새 영감한테도 분명 이름이 있을 거예요. 그러나 소설 어디에도 갈밭새 영감의 이름이 나와 있지 않아요. 왜 그럴까요?

아마도 그의 이름보다 '갈밭새'라는 별명이 이 소설에서 더 큰 상징적 의미를 가지기 때문일 거예요.

갈밭새는 '개개비'라는 새를 말해요. 주로 갈대밭에 둥지를 만드는데, 다른 새들에 비해 자기 영역이 좁다고 하네요. 그래서 누가 자신의 터전을 빼앗으려고 하면 가만히 있지 않는대요. 마치 갈밭새 영감처럼 말이지요.

조마이섬은 갈대와 갈밭새들이 많은 곳으로, 갈대와 갈밭새는 이섬의 명물이라고 할 수 있어요. 건우 할아버지 역시 이곳에서 나고 자란 섬 토박이로, 이 섬을 지켜 온 인물이고요. 갈대와 갈밭새가 많은 조마이섬에 살고 있는 갈밭새 영감! 어쩐지 별명만 들어도 갈밭새 영감이 이곳의 실제 주인이자 이 섬을 대표하는 인물처럼 느껴지지 않나요?

그리고 갈밭새의 처량한 울음소리와 갈밭새 영감이 손 안에 넣고 즐겨 굴리는 '따그르르 따그르르' 하는 가래 열매 소리가 비슷하다고 했어요.

어찌 되었든 갈밭새와 건우 할아버지의 공통점 때문에 '갈밭새 영감'이라는 별명이 붙은 거랍니다.

개개비 휘파람샛과의 새. 편 몸길이는 약 18.5센티미터 정도다. 등은 올리브 황갈색이고, 날개와 꽁지는 갈색이다. 번식기인 초여름에 갈대밭에서 '개개개' 하고 시끄럽게 운다. 여름새로서 강변 또는 습지의 갈대숲에 산다. 습초지, 물가의 초지, 유휴지가 많이 개간되어 서식지가 사라지고 있다. 요즘은 한강과 낙동강 하구, 팔당 수원지 등에서만 모습을 볼 수 있다.

무엇이 갈밭새 영감을 화나게 할까요?

갈밭새 영감의 분노는 짧은 순간 만들어진 것이 아니라 제법 긴 시간 동안 만들어진 것이에요. 일제 강점기에는 일본 사람들에게 땅을 뺏겨서 화가 났을 것이고, 광복 후에는 자기 소유라고 생각했던 땅을 또다시 국회의원과 유력자에게 빼앗겨 분노가 쌓였겠죠. 갈밭새 영감의 일생에서 '모든 사람이 평등하게 살 수 있는 인간다운 삶'이 과연 있었을까요? 아마도 갈밭새 영감이 조마이섬에서 나고 자라면서 어느 한 순간도 '이 나라에서 태어나 살맛나는구나!'라고 생각한 적이 없었을 거예요.

일제 강점기 동양척식주식회사에 땅을 뺏긴 갈밭새 영감의 청년기 시절, 6·25 전쟁의 포화 속에서 속절없이 큰아들을 전쟁터에서 잃고

시신조차 못 찾았던 중년기 시절, 그리고 원양어선 흉내를 낸 쓰다 버린 배를 타고 나가 먼 태평양에서 죽은 둘째 아들의 소식을 접한 장년기까지……. 과연 국가가 갈밭새 영감 일가에게 물질적인 보상을 해 준 일이 있었나요? 아니면 국민의 아픔에 공감하며 진심으로 사과를 하고 미안해했던 적이 있었나요? 권력자들은 단 한 번도 갈밭새 영감의 비극적인 가족사 앞에 책임을 지거나 미안해한 적이 없었어요. 그래서 갈밭새 영감의 분노는 끝나지 않고 계속되고 있는 것이지요.

갈밭새 영감의 분노는 슬픈 분노라 할 수 있어요. 누군가에게 화를 내고 있지만, 그 화는 결국 목숨을 걸고라도 자신들의 생존권을 지키겠다는 간절한 절규라고 할 수 있기 때문이에요. 척박한 땅이지만 자신이 나고 자란 삶의 터전에서 부당하게 내쫓길 수 없다는 강한 생존 본능이 갈밭새 영감을 화나게 하는 근본적인 이유이기에, 살인죄로 감옥에 갈 수밖에 없었던 그의 상황이 더 안타깝게 느껴지네요.

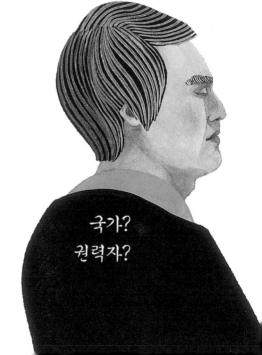

국가?
권력자?

의리의 사나이, 윤춘삼

나이 : 50대 중후반
직업 : 어부로 추정
별명 : 송아지 빨갱이
역할 : 갈밭새 영감의 든든한 조력자
성격 : 불의를 보면 참지 못하는 혈기 왕성한 남자. 친구를 위해 뜨거운 눈물을
　　　홀릴 줄 아는 마음 따뜻한 남자

윤춘삼은 갈밭새 영감의 친구로, 조마이섬에서 태어나고 자랐기 때문에 섬
에 대한 애정은 갈밭새 영감 못지않아요. 조마이섬이 위기에 처할 때마다 섬
을 지키기 위해 앞장서서 싸웠으니까요. 윤춘삼은 불의를 보면 참지 않고 거
침없이 행동하는 의로운 사람이에요. 그렇다고 그의 성격이 거칠고 과격한 것
은 아니에요. 오랜만에 '나'를 만났을 때 덥석 손을 잡고는 나룻가 술집으로
가는 동안 '나'가 아파할 정도로 꼭 쥔 손을 놓지 않잖아요. 반갑다는 한마
디 말보다 손을 꼭 잡아 주는 모습에서 인정 많고 따뜻한 윤춘삼의 마음이
느껴지네요. '나'가 윤춘삼을 '사람 좋게 웃던 선량한 사람'으로 기억하고 있
는 걸 보면 윤춘삼은 강직하면서도 의리 있고 마음씨 좋은 사람이에요.

왜 '송아지 빨갱이'라고 불리나요?

한창 무슨 청년단인가 하는 패들이 마구 설칠 땐데, 남에게 배내를 주었던 그의 송아지를 그들이 잡아먹은 게 분해서, 배내 먹이던 사람더러 송아지를 물어내라고 화풀이를 한 것이 동기의 하나였다고 한다. 그 바보 같은 사람이 뒤퉁스럽게 그 청년단을 찾아가서 그런 고자질을 한 것이 꼬투리가 되어, '이 새끼 맛 좀 볼 테야?' 하는 식으로 잡혀 왔다는 이야기였다. 그밖에 또 하나 주목받을 이유가 될 만한 것은, 자기 고향인 조마이섬에 문둥이 떼가 이주해 왔을 때—물론 정부의 방침이었지만—그들을 몰아내기 위해 싸우다가 결국 경찰 신세를 졌던 일이라 했다. 그러면서도 그 자신 무슨 영문인지를 확실히 모르고서 옥살이를 했다. 다만 '송아지 빨갱이'라는 별명으로서.

윤춘삼은 6·25 전쟁 때 별다른 잘못도 없이 감옥살이를 한 적이 있어요. '청년단'은 해방 후에 청년들이 중심이 되어 조직한 단체인데, 반공을 최우선 목적으로 하고, 주로 정부를 위해 일을 했어요. 남한에서는 사회주의 이념을 가진 사람을 '빨갱이'라고 불렀는데, 6·25 전쟁으로 인해 쌓인 북한에 대한 적대감이 고스란히 빨갱이들에게 옮겨 갔답니다. 나중에는 정부가 하는 일에 반대하는 사람들을 무조건

'빨갱이'나 '간첩'으로 몰아 억압했어요. 그러다 보니 북한이나 사회주의와 전혀 상관이 없는 사람들도 정부나 청년단의 비위를 거스르면 '빨갱이'로 몰려서 괴롭힘을 당했다고 해요. 그래서 윤춘삼도 자신의 송아지를 억울하게 청년단에게 빼앗겼지만 보상을 받기는커녕 오히려 죄를 뒤집어쓰고 감옥에 가게 된 것입니다.

이 일로 '송아지 빨갱이'라는 별명이 생기게 되었어요. 송아지 물어내라고 했던 일이 빌미가 되어 '빨갱이'가 되고 만 것이지요.

그 별명 때문에 '조마이섬에 문둥이 떼가 이주해 왔을 때'도 불이익을 당했어요. 윤춘삼은 자신의 가족과 이웃을 지키기 위해 싸웠을 뿐인데, '송아지 빨갱이'라는 꼬리표 때문에 경찰의 미움을 받아 억울하게 감옥살이를 하게 됐지요.

윤춘삼은 청년단 사건과 문둥이 떼 이주 사건으로 두 번이나 억울하게 감옥살이를 했어요. '빨갱이'라는 별명이 애초에는 윤춘삼에게 걸맞지 않은 것이었지만, 두 번의 사건을 겪으면서 권력자나 유력자에 대한 분노와 저항이 더해져서 윤춘삼과 어울리는 별명이 된 것 같네요. 권력에 비굴하지 않고 언제나 당당하며 불의에 적극적으로 저항하고 있으니까요.

윤춘삼은 어떤 역할을 하나요?

윤춘삼은 '나'에게 갈밭새 영감을 소개해 주고, 조마이섬의 내력과 그곳에 터를 잡고 살아가는 사람들의 이야기를 들려줍니다. 갈밭새 영감이 '나'에게 본인의 울분을 마음껏 털어놓을 수 있었던 것은 옆에서 영감과 함께 맞장구치며 분노하는 윤춘삼이 있었기 때문일 거예요.

윤춘삼은 조마이섬을 위해 언제나 힘든 일에 앞장서는 갈밭새 영감 옆에서 그를 지지하고 따르는 든든한 조력자예요. 옳다고 생각하면 어떤 상황에서도 자신의 뜻을 굽히지 않는 갈밭새 영감 옆에서 함께 싸우며 의리를 지킵니다. 그리고 홍수가 났을 때, 갈밭새 영감이 살인죄로 잡혀간 일을 '나'에게 전해 줌으로써 부당한 권력에 희생된 영감을 걱정하고, 영감의 행동이 정당했음을 이야기하고 있어요.

"섬사람들도 한번 뻗대 보시지요?"
이렇게 슬쩍 건드려 봤더니, 이번엔 윤춘삼 씨가 얼른 그 말을 받았다.
"선생님은 그런 걸 잘 알면서 그러네요. 우리 겉은 기 멀 알며, 무슨 힘이 있십니꺼. 하도 하는 짓들이 심해서 한분 해 보기는 해 봤지요. 그 문딩이 떼를 싣고 왔일 때 말임더……."

윤춘삼 씨는 그때의 화가 아직도 사라지지 않는 듯이 남은 술을
꿀꺽 들이켰다.

이야기를 듣고 있던 '나'가 당하고 있지 말고 한번 저항해 보라고
하자 윤춘삼은 힘이 없어 유력자나 권력자들에게 짓밟힐 수밖에 없
다는 걸 잘 알고 있다고 말해요. 하지만 포기하지 않고 맞서 싸우려
고 하는 모습에서 무조건 당하고 있을 수만은 없다는 의지를 느낄
수 있습니다.

별명을 쓰는 이유

소설에 등장하는 인물들은 사건과 갈등을 일으키고 또 그것을 해결해 나가면서 작품의 주제를 드러내는 역할을 해요. 이런 인물들에게는 보통 이름이 있기 마련인데, 인물들 각자의 개성이나 특징을 고려해 작가가 이름을 붙이지요. 그러나 경우에 따라서는 익명을 사용하거나 별명을 붙이는 경우도 있어요.

"저것 봐, 봄이 오긴 왔어. 겨우내 금하더니만 으악새 울음소릴랑 이제 실컷 듣게 생겼군."

아닌 게 아니라, 겨울 동안 기척도 없던 으악새 할아버지가 무궁화연립의 계단 앞에 나와 있었다. 벌써 한바탕 으악새 울음을 쏟아 놓고 온 길인지 팔굽을 탁 치고 으악, 손뼉을 탁 치고 으악 하는 일련의 동작들이 무르익을 대로 무르익었다. 으악새 할아버지는 그렇게 얼마 동안 미진한 울음을 다 뱉어 내고 나서는 머리를 쓰다듬으며 계단을 밟아 현관 안으로 사라져 버렸다.

위 글은 양귀자 작가가 쓴 〈원미동 사람들〉이라는 소설의 일부예요. 으악새 할아버지는 '으악, 으악' 하는 괴상한 소리를 내서 '으악새 할아버지'라고 불리게 되었지요.

이처럼 소설에서는 인물의 특성을 잘 드러내기 위해 진짜 이름보다는 별명으로 그 인물의 특징을 집약해서 효과적으로 나타낼 때가 있어요. 그래서 〈모래톱 이야기〉에 등장하는 건우 할아버지나 윤춘삼 아저씨 등도 그 인물들이 살아가는 곳의 특징이나 겪어 온 사건을 딴 별명으로 불리게 된 것이지요.

조용한 저항아, 건우

나이 : 열대여섯 살
직업 : 학생
별명 : 거무
역할 : '나'가 조마이섬에 대해 관심을 갖게 하는 역할
성격 : 사회에 대한 불만을 일기나 독후감 같은 글을 쓰며 털어놓는, 조용하지만 저항적인 성격

건우는 '거무(거미)'라는 별명을 가진 아이예요. 강가에서 태어난 건우가 거미처럼 물속에서 날쎄게 대처하길 바라는 마음에서 할아버지가 지어 준 아명이지요. 그런데 호적에 한자어로 올려야 해서 '거무'와 비슷한 '건우'라는 이름으로 바꿔 올리게 되었을 거래요. 사람들은 아직도 건우를 '거무'라는 별명으로 부른답니다.

건우는 어떤 역할을 하나요?

건우와 '나'는 스승과 제자의 관계로 만나게 돼요. 비 오는 날이면 늘 지각을 하는 건우는 '나'가 보기엔 그다지 마음에 들지 않는 학생이었을 거예요. 그러다 건우가 나룻배를 타고 강을 건너 학교에 와야 한다는 사실을 알게 되면서 담임인 '나'는 건우에게 관심을 가지게 되지요.

'나'가 건우에게 관심을 가지게 된 또 하나의 계기는 학기 초 자기소개서를 써내라는 작문 숙제에 건우가 써낸 〈섬 얘기〉란 글을 읽게 되면서예요. 그 글은 조마이섬의 내력에 관한 이야기였는데, 그곳에서 살고 있는 사람들과 관계없이 섬의 주인이 도깨비 둔갑하듯 바뀌고 있다는 내용이었지요. 그 글을 읽은 '나'는 무언가를 저주하는 듯한 건우의 날카롭고 냉랭한 마음이 느껴져 무슨 고발이라도 당한 듯한 심정이었다고 고백해요.

그러던 어느 날 건우의 담임인 '나'는 건우네 집이 있는 조마이섬으로 가정 방문을 가게 돼요. 그곳에서 '나'는 가난하지만 외아들 건우를 나룻배에 태워 가면서까지 먼 일류 중학교에 보내고자 하는 어머니, 고시조 창을 읊조리는 건우의 할아버지인 갈밭새 영감을 보며 건우네 집안이 품위 있는 선비 가문의 후손임을 짐작하게 됩니다. 그리고 갈밭새 영감과 윤춘삼 씨가 들려준 이야기를 통해 조마이섬과 섬 사람들에 대한 남다른 마음을 갖게 되지요.

이렇듯 건우 때문에 '나'는 조마이섬에 대해 관심을 갖게 되고, 그곳 사람들이 살아온 이야기를 들으며 사회의 불의에 분노하게 됩니다. 결국 '나'는 20년이 넘도록 절필했지만, 조마이섬 사람들의 이야기를 세상에 알려야겠다는 책임감 때문에 이 글을 쓰게 되었다고 밝히고 있어요.

따라서 이 작품에서 건우는 '나'를 고발자로서의 역할을 수행하도록 만든 계기를 제공한 아이라고 할 수 있습니다.

건우는 어떤 생각을 가진 아이일까요?

건우가 어떤 아이인지, 건우의 속마음을 좀 더 알아볼까요?

'나'는 가정 방문을 갔다가 건우가 어떤 책에서 일부 구절을 인용해 놓고 그 밑에 감상을 써 놓은 글을 보게 됩니다. 그 내용을 한번 인용해 볼게요.

"그래도 선거 때가 되면 소속 육지에서 똑딱선을 가지고 섬 백성을 모시러 오는 알뜰한 정당이 있어, 이들은 다만, 그 배로 실려 가서 실상 자기네 실생활과는 무연한 정치를 위하여 지정해 주는 기호 밑에 도장을 찍어 주고 그 배에 실려 돌아온다는 것입니다.

(중략)

조국의 사랑이라곤 받아 본 일이 없이 헐벗고 배우지 못한 그들의 아들들이 먼저 조국을 수호해야 할 책임을 지고, 훈련을 받고, 총을 메고 군인이 되어 갔다는 것……."

우리 아버지도 응당 이러한 군인 중의 한 사람이었으리라. 그래서 언제 어디서 쓰러졌는지도 모르고, 따라서 국군묘지에도 묻히지 못하고, 우리에겐 연금도 없고…….

어때요? 건우가 인용해 놓은 글이나 그에 대한 감상을 읽어 보면 건우가 어떤 성향을 가진 아이인지 짐작이 좀 되지 않나요? 섬의 주인이 바뀌는 이야기를 풀어놓는 것이나 정치 현실을 비판하는 글을 인용해 놓은 것을 보면 건우는 사회의 문제점에 대해 잘 알고 있는 아이입니다.

그 할아버지에 그 손자라고 해야 하나요? 불합리한 사회에 맞서 적극적으로 행동하는 인물인 갈밭새 영감을 닮아 손자인 건우도 자기가 처한 현실이 사회 구조적 문제로부터 시작되고 있음을 인식하고 있는 것이죠. 다만 건우는 아직 어리기 때문에 글을 통해 사회에 대

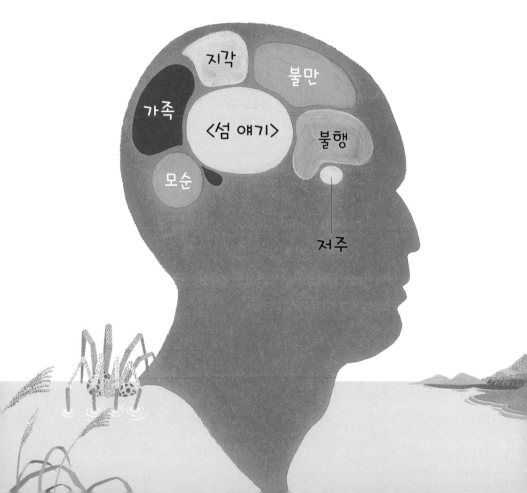

한 불만을 표현하고 있습니다.

이런 건우가 어떤 모습으로 자랄지 궁금하지 않나요? 이 소설에서 건우의 뒷이야기는 나오지 않지만 여러분이 마음껏 상상의 나래를 펼쳐 보세요.

건우의 일기장

청주여고 오유진

오늘 할아버지가 감옥에 갇히셨다. 폭풍우로부터 섬을 지키기 위해 조마이섬의 둑을 무너뜨리는 과정에서 깡패 두 명과 갈등이 생겨서 그중 한 명을 실수로 죽였기 때문이다. 나는 할아버지의 잘못을 인정하지만, 또한 아주 큰 사실을 깨닫게 되었다. '처음부터 이 섬의 주인이 우리였다면 이런 일이 일어나지 않았을 것'이라는 사실. 그래서 나는 이 섬사람들을 위해, 이 섬을 위한 사람이 되어야겠다고 다짐했다. 어른들처럼 힘이 없어 당하기만 하지 않고 정정당당하게 우리의 권리를 주장하는 목소리를 낼 수 있는 그런 사람이 되고 싶어졌다.

아, 어서 빨리 할아버지가 감옥에서 나오셨으면 좋겠다.

살아 있는 지성, '나'

나이 : 40대 중후반
직업 : 중학교 선생님, 작가
역할 : 부당한 현실을 고발하는 역할
성격 : 학생이 처한 상황에 관심이 많고, 이성적이며 지적인 인물

소설에서 서술자는 이야기를 전달하는 역할을 하는데, 이 소설의 서술자는 건우 선생님인 '나'예요. '나'는 단순히 이야기를 진행하는 역할에 머물지 않아요. 갈밭새 영감, 윤춘삼과 교류하면서 그들이 처한 상황과 삶을 공감하고, 잘못된 현실에 대해 알게 되지요. 그러던 중 조마이섬에 홍수가 나고 '나'는 섬사람들이 놓인 현실에 가슴 아파해요. 이후 '나'는 지식인으로서의 양심을 가지고 권력자의 횡포에 희생된 섬사람들의 이야기를 소설로 써내 조마이섬 사람들이 겪은 부조리함을 고발하게 됩니다.

'나'는 왜 조마이섬 이야기를 썼을까요?

20년이 넘도록 내체 붓을 꺾어 오던 내가 새삼 이런 글을 끼적거리게 된 것은, 별안간 무슨 기발한 생각이 떠올라서가 아니다. 오랫동안 교원 노릇을 해 오던 탓으로 우연히 알게 된 한 소년과, 그의 젊은 홀어머니, 할아버지, 그리고 그들이 살아오던 낙동강 하류의 어떤 외진 모래톱—이들에 관한 그 기막힌 사연들조차, 마치 지나가는 남의 땅 이야기나, 아득한 옛이야기처럼 세상에 버려져 있는데 대해서까지는 차마 묵묵할 도리가 없었기 때문이다.

"썩어 빠진 글이라뇨?"
가끔 잡문 나부랭이를 써 오던 나는 지레 찌릿해졌다.
"와 그 신문 같은 데도 그런 기 수타(많이) 난다 카데요. 남은 보릿고개를 못 냉기서 술가지에 모가지들을 매다는 판인데, 낙동강 물이 파아랗니 푸르니 어쩌니…… 하는 것들 말임더."

'나'는 소설의 첫머리에 '세상에서 소외된 사람들의 이야기에 침묵할 수 없었다'고 글을 쓰게 된 동기를 밝히고 있어요. 권력자의 욕심 때문에 삶의 터전을 잃어버린 조마이섬 사람들을 외면할 수 없었기 때

문에 20년 동안 쓰지 않던 글을 다시 쓰게 된 것입니다.

'나'는 힘없는 조마이섬 사람들에게 횡포를 부리는 권력자들의 모습과 자신들의 삶의 터전을 지키기 위해 저항하는 섬사람들의 억울한 현실을 글로 드러냄으로써 독자들에게 부조리한 현실을 알리고 있어요. 그들의 억울함을 현실 속에서 고발하는 것이 '나'가 글을 쓰는 이유입니다.

그러니까 '나'는 글쓰기를 통해서 지식인이 사회 문제에 대해 외면하는 것을 반성하고, 행동하는 지식인의 모습을 보여 주고자 한 것입니다.

소설 속 '나'와 작가 '김정한'

소설에서 이야기를 전개하는 사람을 '서술자'라고 합니다. 그런데 소설을 읽는 사람들 중에는 서술자와 소설을 쓴 작가를 동일시하는 경우가 많아요. 특히 이 소설처럼 서술자가 '나'인 경우에는 더욱 헷갈려 한답니다.

이 소설에서 '나'는 건우의 선생님이자 '20년이 넘도록' 절필을 해 오다 다시 글을 쓰게 된 작가이기도 해요. 그런데 흥미로운 사실은 이 소설의 작가인 '김정한' 역시 교사로 재직했었고, 1936년 조선일보 신춘문예에 소설 〈사하촌〉이 당선되면서 작가의 길을 걷기 시작했다는 거예요. 그러다가 일제 강점기 말, 우리말로 작품을 발표하기가 여의치 않자 1940년 이후로 적극적인 작품 활동은 하지 않게 되지요. 그렇게 중·고등학교의 교사로, 대학 교수로 활동하며 지내던 중, 1966년 월간지 《문학》에 〈모래톱 이야기〉를 발표하면서 왕성하게 작품 활동을 하게 됩니다.

작가의 이런 경력이 소설 속의 '나'와 상당히 많은 부분에서 겹치는 것이 사실이에요. 그리고 이러한 이유 때문에 많은 독자들이 '나'는 작가 김정한이라고 생각하지요.

하지만 '나'는 작가가 만든 이야기를 전달하는 사람이지 작가 자신은 아니랍니다. '나'는 작가 김정한처럼 힘없는 사람들의 억울함을 세상에 알리는 글을 쓰지만 '나'는 서술자로서의 '나'일 뿐 김정한 자신은 아니에요. 작가의 목소리를 대변한다고 해서 흔히 서술자를 '작가의 대리인'이라고도 해요. '대리인'은 '남을 대신하여 의사를 표시하는 사람'을 말하지요. 따라서 이 소설의 '나'는 작가 김정한이 하고 싶었던 말을 잘 구성된 소설 속 이야기를 통해 독자들에게 대신 전달하는 역할을 하는 인물입니다.

'나'는 왜 자신을 '이방인'이라고 했을까요?

"정말 우리 조마이섬을 지키다시피 해 온 영감인데…… 살인죄라
니 우짜문 좋겠능기요?"
게까지 말하고 나를 쳐다보는 윤춘삼 씨의 벌건 눈에서는 어느덧
닭똥 같은 눈물이 뚝뚝 떨어지기 시작했다.
법과 유력자의 배짱과 선량한 다수의 목숨…… 나는 이방인(異
邦人)처럼 윤춘삼 씨의 캉캉한 얼굴을 건너다보았다.

'이방인'은 '다른 나라에서 온 사람'이라는 뜻이에요. 어떤 무리에 섞

이지 못하는 사람이나 제삼자(일정한 일에 직접 관계가 없는 사람)라는 뜻으로 확장해서 쓰이기도 하지요. 그렇다면 '나'는 왜 그런 표현을 했을까요?

'나'는 섬사람들이 홍수와 사투를 벌일 때, 섬 안으로 들어가고 싶었지만 결국 들어가지 못하고 섬 밖에서 그들을 걱정할 수밖에 없었어요. 이런 모습은 직접 홍수를 겪으며 자신들의 삶의 터전인 섬을 지키기 위해 반대 세력에 대항하는 섬사람들의 모습과 대조된다고 할 수 있어요.

'나'는 그동안 조마이섬 사람들과 그들의 삶에 깊은 공감과 유대를 가지고 있었어요. 하지만 홍수를 통해 결국은 '나'도 섬 밖의 사람이라는 인식을 하게 됩니다. 동시에 섬사람들과 동일시되지 못한 슬픔과 안타까움, 그리고 적극적으로 해결책을 제시하지 못하는 자괴감을 느끼게 되지요. '나'는 이러한 자신의 모습을 '이방인'에 비유하고 있는 것이랍니다.

2

배경을 살피다

조마이섬은 어떤 곳인가요?

이 작품에서 '조마이섬'이란 공간은 다음과 같이 그려지고 있어요..

> 명지면(鳴旨面)이라면 김해 땅이다. 낙동강 하류. 강을 건너야만 부
> 산으로 나올 수 있는 곳이다.

> 섬의 생김새가 길쭉한 주머니 같다 해서 조마이섬이라고 불려 온
> 다는 건우의 고장에는, 보리가 거의 자랄 대로 자라 있었다. 강바
> 람이 불어올 때마다 푸른 물결이 제법 넘실거리곤 했다.
> 낙동강 하류의 삼각주 일대가 대개 그러하듯이, 이 조마이섬이란
> 데도 사람들이 부락을 이루고 사는 것이 아니라 그저 한 집 두 집
> 떠엄떠엄 땅을 물고 있을 따름이었다.

소설 내용을 바탕으로 하면, '조마이섬'은 낙동강 하류에 위치한 김
해군 명지면에 속한 곳으로, 모래가 밀려서 만들어진 삼각주의 모래
톱이에요. '삼각주'는 강이 바다로 들어가는 어귀에 강물이 운반해 온
모래와 흙이 쌓여 이루어진 삼각형 모양의 편평한 지형을 뜻하고, '모
래톱'은 강가나 바닷가에 있는 넓고 큰 모래벌판을 말해요. 경상도

사투리로 주머니를 '조마이'라고 하는데, 섬의 생김새가 길쭉한 주머니 같다고 해서 '조마이섬'이라고 불렀다고 해요. 이곳은 나룻배를 타야 시내에 갈 수 있고, 사람들이 한 집 두 집 띄엄띄엄 살고 있는 외딴 섬마을이에요. 이곳 주민들은 고깃배를 타거나 보리와 채소 농사 등으로 근근이 살아가고 있지요.

그렇다면 조마이섬은 진짜 있는 섬일까요?

실제로 부산 강서구 범방동에 조만포가 있긴 해요. 남해고속도로를 타고 가다가 가락나들목에서 나와서 둔치도 쪽으로 빠지면 '조만포'라는 갈밭 사이의 자그마한 강변 마을이 있어요. '조만포'라는 이름이 경상도식 발음에 따라 '조마이포'로 불렸고, 포구 건너편 늪지 한가운데 모래톱이 '조마이섬'으로 불렸다는 얘기가 있어요. 그래서 일부 사람들은 〈모래톱 이야기〉의 배경이 이곳이라고 하기도 해요.

'조마이섬'과 관련해서 한 가지 일화가 전해지고 있어요. 어느 날 김정한 작가에게 전화 한 통이 걸려 왔다고 해요. 신혼부부인데 〈모래톱 이야기〉 속의 '조마이섬'으로 신혼여행을 가고 싶어 여러 관공서에 문의를 해도 조마이섬의 위치를 알 수 없다면서 정확한 위치를 알려 달라고 했대요. 아마도 문학을 정말로 사랑하는 부부였거나 〈모래톱 이야기〉를 감명 깊게 읽은 부부였겠죠. 그래서 김정한 작가가 조마이섬은 실재의 섬은 아니지만 지금 부산에 있는 을숙도를 모델로 한 섬이라고 일러 주었다고 해요. 이 일화에 따르면 조마이섬은 실제로 존재하는 섬이 아니겠지요.

소설 속 공간은 이야기가 전개되는 배경으로서의 일정한 장소를 말해요. 그 공간은 실재하는 곳일 수도 있지만, 이 소설과 같이 작가가 창조해 낸 공간일 수도 있어요. 황석영의 〈삼포 가는 길〉에서 '삼포'도 현실에 존재하지 않는 장소이지만, 등장인물 중 '정 씨'가 교도소에서 출감하여 찾아가는 고향이자 정 씨의 마음의 안식처로 그려져 있어요. 실제로 존재하는 공간을 배경으로 설정함으로써 이야기의 사실성을 높이기도 하지만, 이처럼 작품의 주제를 더욱 잘 드러내고, 작품의 분위기를 더 잘 살릴 수 있도록 가상의 배경을 설정하기도 한답니다.

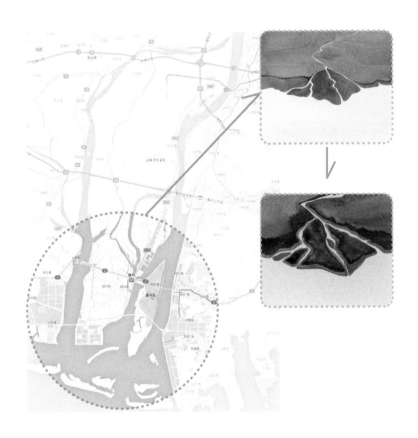

왜 조마이섬 주인이 자꾸 바뀌나요?

소설 속 배경은 작중 인물이 살아 움직이는 공간적·시간적 무대예요. 배경은 작중 인물의 심리에 영향을 주고, 사건을 사실처럼 느끼게 하며, 주제를 분명하게 해 주는 구실을 하지요.

이 작품은 일제 강점기부터 1960년대까지의 '조마이섬'을 배경으로 하고 있어요. '조마이섬'의 역사적 내력을 살펴보면 섬사람들이 어떤 생각을 했는지, 왜 그렇게 행동했는지 이해할 수 있을 거예요.

낙동강 하류의 모래톱 '조마이섬'은 섬사람들의 의사와는 상관없이 우리나라 역사의 흐름에 따라 소유자가 바뀌어 왔어요.

건우가 쓴 〈섬 얘기〉에는 조마이섬의 내력이 잘 드러나 있어요. 오랫동안 모래톱에 뿌리를 박고 사는 사람들이 그 섬의 주인이 되지 못하고, 시대에 따라 유력자의 소유로 둔갑하는 모순된 현실을 이야기하고 있지요. 원래 조마이섬은 자연에 의해 만들어진 나라 땅으로, 섬사람들에게 소유권은 없었지만 대를 이어서 농사를 짓고 살았어요. 그러나 '을사 보호 조약' 이후 일제가 '토지 조사 사업'을 실시하면서 소유권이 없는 섬사람들의 땅을 빼앗아 일본인들의 소유로 만들어 버렸어요. 그런데 해방이 되어도 섬의 소유권은 돌아오지 않고 모 국회의원에게 넘어갔다가, 조마이섬 앞 강의 매립 허가를 받은 유

	시기	소유자	소유권의 흐름
	예로부터	선조들	자연적으로 형성됨.
	일제 강점 이전	갈밭새 영감 등 주민들	선조로부터 물려받음.
	일제 강점기	조선총독부, 동척, 일본인 지주	일제가 강제로 동척에 넘김.
	해방 이후	국회의원, 유력자	친일 행적이 있는 국회의원 등에게 넘어갔으리라 추정됨.

력자에게 다시 넘어갔어요. 조상 대부터 살아오며 목숨 걸고 섬을 지켜 온 섬사람들의 의사와는 무관하게 소유자가 바뀌어 온 것이지요.

왜 이런 일이 일어났을까요?

　건우 할아버지는 처음부터 개탄조로 나왔다. 선조로부터 물려받은 땅, 자기들 것이라고 믿어 오던 땅이, 자기들이 겨우 철들락 말락 할 무렵에 별안간 왜놈의 동척 명의로 둔갑을 했더란 것이었다.
　"이완용이란 놈이 '을사 보호 조약'이란 걸 맨들어 낸 뒤라 카더만!"
　윤춘삼 씨의 퉁방울 같은 눈에도 증오의 빛이 이글거리기 시작했다. 1905년 — 을사년 겨울, 일본 군대의 포위 속에서 강제로 맺어진 '을사 보호 조약'이란 매국 조약을 계기로, 소위 '조선 토지 사업'이란 것이 전국적으로 실시되던 일, 그리고 이태 후인 정미년에 가서는 "한국 정부는 시정 개선에 관하여 통감의 지도를 수할 사"란 치욕적인 조목으로 시작된 '한일 신협약'에 따라, 더욱 그 사업을 강행하고, 역둔토의 대부분과 삼림 원야들을 모조리 국유로 편입시키는 등 교묘한 구실과 방법으로써 농민들로부터 빼앗은 뒤, 다시 불하하는 형식으로 동척과 일인 수중에 옮겨 놓던 그 해괴망측한 처사들이 문득 내 머릿속에도 떠올랐다.

　갈밭새 영감과 윤춘삼 씨가 들려준 이야기, 그리고 이러한 이야기를 역사적으로 뒷받침해 주는 '나'의 생각을 보면, 섬사람들의 아픈 역사는 일제의 '토지 조사 사업'에서 비롯되었다는 것을 알 수 있어요. 일제는 우리나라를 식민지로 만든 후 식민지 경제 체제를 확립하기 위해 토지 조사 사업을 실시했어요. 이 과정에서 일제는 오랫동안 농민들이 경작하던 나라 땅을 빼앗아 동양척식주식회사를 통해 일본인들에게 헐값에 팔았지요. 조마이섬도 이런 과정을 거쳐 일본인의 소유가 된 것입니다. 일제는 땅을 빼앗긴 농민들에게 아무 보상도 해 주지 않았으며 토지를 소유할 수 있는 권리조차도 없애 버렸어요. 이러한 토지 조사 사업으로 많은 토지가 조선총독부, 동양척식주식회사, 일본인 개인 지주에게 넘어가게 되었답니다.

해방 후 일제 식민지 청산 과정에서 이루어진 불완전한 토지 개혁 정책으로 섬사람들은 또다시 조마이섬의 주인이 되지 못했어요. 정부는 농지 개혁을 통해서 실제로 농사를 짓는 사람들이 토지를 소유할 수 있도록 하는 법안을 만들려고 했어요. 그러나 토지 개혁이 지체되면서 대부분의 지주들은 자신들의 이익을 위해 토지를 미리 팔아 버렸고, 이 과정에서 힘 있는 자들과 돈 있는 자들이 또다시 토지를 소유하게 되었지요. 실제로 정부가 사들여 농사짓는 사람들에게 되판 토지는 전체 농지의 21퍼센트 정도에 불과했답니다. 이렇듯 해방 이후 불완전한 토지 개혁 정책으로 인해 조마이섬에서 농사를 짓고 사는 사람들이 그 땅의 진짜 주인이 되지 못하고 힘 있는 사람들로 소유자가 바뀌어 온 것이지요.

이 작품은 '조마이섬'의 내력을 통해, 일제 강점기에 잘못 형성된 토지 소유권 문제가 해방 후에도 바람직한 방향으로 해결되지 못했음을 비판하고 있답니다.

해방 전후 토지 정책

일제하 토지 조사 사업과 동척

일제는 '사유지임을 입증하지 못하면 국유지로 삼는다.'라는 원칙 아래 황실과 관청 소유의 토지를 조사하였으며, 병합 이후에는 전국의 모든 토지를 대상으로 토지 조사 사업을 벌였다. 토지 조사 사업은 전국 모든 토지의 소유권, 가격, 생김새를 조사하고, 새로운 토지 문서를 배부하는 사업으로, 일제는 자신이 주인임을 입증하지 못한 토지, 여러 사람이 공동으로 이용하거나 소유한 토지 가운데 상당 부분을 국가 소유로 바꾸었다. 소유권은 없지만 대를 이어 경작권을 유지해 온 농민들은 지주와 계약을 통해서만 토지 경작권을 얻을 수 있는 새 제도로 인해 큰 어려움을 겪었다. 이렇듯 일제는 농민들의 땅을 빼앗아 막대한 국유지를 만들어 낸 뒤, 일본인들에게 헐값에 팔았다. 다시 말해 지주의 소유권은 크게 강화하면서도 오랫동안 농민이 누려 온 경작권이나 영구 소작권은 인정하지 않았던 것이다.

- 《살아있는 한국근현대사 교과서》 126~127쪽

해방 후 식민지 청산 과정에서 나타난 토지 정책

정부는 1950년 3월, 개정된 농지 개혁 법안을 최종 공포하였다.

"가구당 3정보를 초과하는 땅은 국가에서 유상으로 매입한다. 땅값은 연간 수확량의 150%로 하되, 농지를 분배받은 농민은 이를 5년간 나누어 낸다. 정부는 지주에게 지가 증권을 주어 산업에 투자할 수 있도록 유도한다." (주요 내용 요약)

정부는 농지 개혁의 방식을 이같이 '유상 매입 유상 분배'라고 밝히며, 지주 자본을 산업 자본으로 전환하여 산업 발전의 계기로 삼고자 하였다. 해방된 지 5년 만의 일이다. 해방과 동시에 대부분의 정치 세력이 토지 개혁안을 내놓았는데, 이북에서는 1946년에 이미 '무상 몰수 무상 분배'의 토지 개혁을 시행하였고, 이남에서도 미군정이 정부 수립 이전에 자신들이 관리하던 귀속 농지(국가가 몰수한 옛 일본이 소유 토지)를 유상으로 분배하였다.

- 《살아있는 한국근현대사 교과서》 237쪽

왜 '조마이섬 이야기'가 아니고 '모래톱 이야기'인가요?

왜 제목을 이 작품의 공간적 배경인 '조마이섬'의 이름을 따서 '조마이섬 이야기'라고 하지 않고 '모래톱 이야기'라고 했을까요? 그 이유를 작가의 말을 통해 생각해 봅시다.

> "낙동강가 가까이서 자라고 낙동강가 사람들의 슬픈 내력을 알기 시작한 나는 낙동강 물을 마시고 낙동강가 땅에 목을 매달고 살아온 민중을 잊을 수가 없다. 그러니까 이곳 민중은 그들의 소위, 새 시대 새 식민지 터닦이의 희생물이 된 셈이었다. 낙동강에 관련된 이러한 내력을 잘 알고 있는 나는 해방 후에도 이에 대한 관심을 안 가질 도리가 없었다. 일인이 떠나고 국유 재산이 된 낙동강 유역의 많은 땅들이 소작인 이외의 소위 유력자들의 소유로 넘어갔다는 소문이 자자했다. 사실 그런 예가 없지 않았다. 그리고 일제 강점기에 일제의 앞잡이가 되어 독립지사들과 민중을 괴롭히던 사람들이 버젓이 국회의원도 되고 높은 관직에 오르기도 했다."

바닷가나 강가에서 모래성을 쌓아 본 경험이 있을 거예요. 정성을 들여 쌓았던 모래성이 무너질 때의 그 허탈함. 아마 조마이섬 사람들도 선조로부터 물려받은 땅, 자기들 것이라고 믿어 오던 땅이 다른 사람의 소유로 둔갑하는 것을 보고 모래로 쌓은 성이 바닷물에 의해 한순간에 무너지는 것과 같은 허무함과 좌절감을 느꼈을 거예요. 또한 조마이섬에 사는 사람들의 삶은 '모래 위에 지은 집'같이 늘 불안했을 겁니다. 자신들의 삶의 터전에서 언제 쫓겨날지 모르는 조마이섬 사람들의 불안하고 위태로운 삶을 '모래톱 이야기'라는 제목이 잘 드러내고 있어요.

역사적으로 선조들에게 물려받은 땅을 일제 강점기에 일제에 강제로 빼앗기고, 해방 이후에는 국회의원과 유력자에게 빼앗긴 일들이 낙동강 유역의 많은 곳에서 실제로 일어났어요. 따라서 작가가 소설 속에서 창조해 낸 '조마이섬'은 낙동강 하류의 조그만 섬에 그치는 것이 아니라 낙동강 하구의 모래톱으로 이루어진 섬을 대표한다고

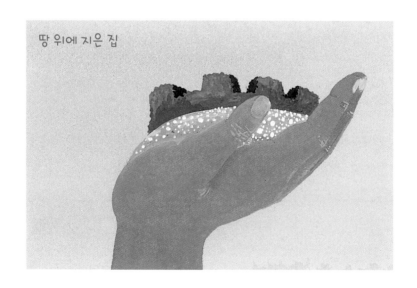

땅 위에 지은 집

볼 수 있어요. 즉, 이 소설은 '조마이섬'을 배경으로 하고 있지만 이를 통하여 그 당시의 그늘진 현실과 그 현실을 살아가는 사람들의 힘겨움을 그려 내고 있는 것이지요.

만일 이 작품의 제목이 '조마이섬 이야기'였다면 '조마이섬'이라는 한정된 공간에서 일어난 일이라는 느낌이 들 거예요. 하지만 '모래톱'이라는 보다 폭넓은 명칭을 사용함으로써 힘겹게 살아가는 사람들이 있는 공간으로 범위를 확대할 수 있게 돼요. 낙동강 하구의 모래톱으로 이루어진 섬 모두가 '조마이섬'이고, 그곳에서 살아가는 사람들의 울분과 한이 깃든 장소라고 볼 수 있는 것이지요. 이렇게 공간적 배경의 의미가 확대되면, '조마이섬'은 시대적인 모순과 민중의 아픔을 압축적으로 보여 주는 공간, 사회로부터 소외된 사람들이 살아가는 소외 지대를 상징적으로 보여 주는 공간이 되는 것입니다.

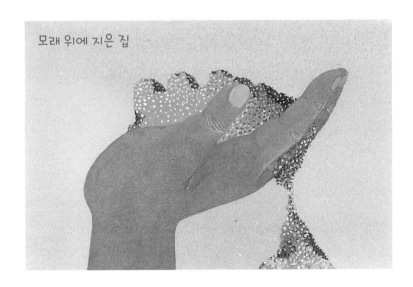

모래 위에 지은 집

갈등과 사건을 풀어내다

갈밭새 영감은 조마이섬을 지키기 위해 어떤 노력을 했나요?

갈밭새 영감은 섬사람들이 위험에 빠졌을 때, 두려워하며 숨지 않고 앞장서서 섬을 위협하는 세력에 대항하는 모습을 보여요. 관청에서 문둥이들을 섬에 보냈을 때 그들을 막아 내거나 홍수 때 둑을 무너뜨린 것처럼 말이지요.

섬사람들이 선조로부터 물려받아 자기들 것이라고 믿어 온 조마이섬은 '일본인 - 국회의원 - 유력자'로 소유자가 바뀌며 온전히 섬사람들의 것이 되지 못했어요. 심지어 관청에서 섬사람들을 쫓아내기 위해 문둥이들을 섬으로 끌어들이기도 했지요.

그런데 왜 유력자는 문둥이들을 섬에 들여보냈을까요? 그 이유는 문둥이에 대한 당시의 좋지 않은 인식을 이용하여 공포심을 유발하고자 했기 때문이에요. '문둥이'는 한센병(과거에는 '나병'이라고 부름) 환자들을 얕잡아 이르던 말인데, 한센병은 함께 생활하는 가족 간에도 전염이 잘 되지 않는 질병이라고 해요. 다만 신체의 일부가 뭉그러지거나 없어져서 사람들이 보기에 불편한 질병이었기에 한센병을 '신이 내린 벌'이라고 여기며 차별을 했지요. 옛날에는 문둥이들이 자신의 병을 낫게 하기 위해 어린아이를 잡아먹는다는 말도 안 되는 소문도 돌았어요.

　이렇듯 한센병에 대한 편견을 이용해서 '문둥이들과 함께 살면 우리도 문둥이가 될지도 모른다'는 공포심을 조성해 섬사람들이 섬을 버리고 떠나게 하려던 것이지요. 하지만 섬사람들은 유력자들의 흉계에 휘둘리지 않고 문둥이들과 싸우게 돼요. 그리고 이 싸움에 앞장선 사람이 바로 갈밭새 영감인데, 싸우다가 왼쪽 팔이 문둥이들에게 물리는 상처를 입기도 했어요. 어려움을 겪으면서도 갈밭새 영감을 비롯한 섬사람들은 강력하게 저항을 했고, 유력자들이 결국 문둥이들을 철수시켜 섬사람들은 섬을 지킬 수 있었어요.

　갈밭새 영감이 섬을 지키기 위해 한 또 다른 일은 홍수 때 둑을 무너뜨려 사람들의 목숨을 구한 일이에요. 둑은 물의 흐름을 막아 물

을 한곳에 모아 두기 위해 설치하는 시설물이에요. 둑을 만들어 물을 모아서 주민들의 식수로 사용하거나 가뭄이 들었을 때 농작물을 지키기 위해 사용하지요. 특히 강의 하구에 삼각주 모양으로 위치하고 있는 조마이섬의 경우에는 밀려 내려오는 강물로부터 땅을 보호하기 위해서 반드시 만들어야 하는 시설이었을 거예요.

그렇다면 둑은 쌓아야 하는 것인데 갈밭새 영감은 왜 둑을 무너뜨린 걸까요? 그 이유는 나라에서 만들어 준 둑이 '매립인강 먼강 한답시고 밀가리(밀가루)만 잔뜩 띠이 처먹고 그저 눈가림으로 해 놓은' 것으로, 공사를 하는 사람들이 둑을 쌓는데 들어가는 물품을 떼먹고 대충대충 지어 놓은, 아주 허술한 둑이었기 때문이에요. 평소에 둑은 조마이섬을 지켜 주는 보호대지만 그 허술한 둑이 홍수에 갑자기 터지면 엄청난 양의 물이 마을을 휩쓸어 버리기 때문에 물폭탄이 될 수 있어요. 그래서 둑이 터지기 전에 물길을 내려고 둑을 무너뜨린 것이지요.

하지만 유력자의 앞잡이 노릇을 하는 청년 두 명이 섬사람들을 방해해요. 섬을 차지하고 싶어 하는 유력자에게는 마을 사람들의 목숨이나 삶이 별로 중요하지 않았기 때문이에요. 그래서 갈밭새 영감을 비롯한 섬사람들이 이들에게 저항을 하게 되고, 그 와중에 실랑이가 벌어지면서 불행하게도 갈밭새 영감의 괭이를 빼앗던 청년이 홍수로 불어난 물에 빠져 목숨을 잃는 일이 일어나요. 그 일로 갈밭새 영감은 살인죄로 경찰에 잡혀가게 되고요.

이 두 사건은 모두 섬을 지키려는 갈밭새 영감의 노력을 보여 준다고 할 수 있어요. 비록 생각지 않은 불행한 일이 벌어져서 사람이 목숨을 잃게 되지만, 이는 갈밭새 영감의 개인적인 분노로 인해 발생한 일이 아니라 섬을 지키기 위해 저항하는 과정에서 벌어진 사건이에요. 신고를 받은 경찰이 사건에 대해 물었을 때 도망치지 않고 자신의 행동임을 시인하고 잡혀간 것 역시 이 사건의 여파가 섬사람들에게까지 미치지 않기를 바라는 마음 때문이었을 거예요.

'홍수'는 어떤 역할을 하나요?

"맹지면에서는 땅이 조금 높은 편이라 카지만, 물이 이래 불으면 마찬가지지요. 만약 어제 그런 소동이 안 일어났이문 밤새 무슨 탈이 났을지도 모를 끼요."

재난 영화인 〈해운대〉에서 '쓰나미'는 순식간에 많은 사람들을 위험에 빠뜨리는, 인간이 대항할 수 없는 거대한 자연의 힘을 보여 주는 존재예요. 사람들은 자연재해에 맞서 자신의 목숨과 사랑하는 사람을 지키기 위해 동분서주하지요. 이때 자연은 인간과 갈등을 일으키는 대상이 돼요.

그런데 〈모래톱 이야기〉에서의 '홍수'는 인간과 대립하는 자연이라기보다는 '인간 대 인간'의 갈등을 심화하는 역할을 해요. 홍수로 갑자기 불어난 물로부터 섬을 지키려던 사람들은 둑을 터뜨리게 되고 그것을 방해하는 두 청년과 갈등을 일으키게 돼요. 그러다 갈밭새 영감이 우발적인 살인을 하게 되지요. 두 청년은 섬을 차지하기 위해서는 섬사람들의 목숨 따위는 안중에도 없는 유력자들 편에 있는 사람들로, 섬사람들과 대립 관계를 이루는 인물들이에요. 결국 홍수 때문에 두 세력 간의 갈등이 폭발하게 되는 셈입니다.

따라서 '홍수'는 섬을 지키려는 갈밭새 영감(을 비롯한 섬사람들)과 섬을 빼앗으려는 사람(유력자)의 갈등을 극적으로 드러나게 하는 역할을 한다고 할 수 있어요.

또한 홍수는 서술자인 '나'와 섬사람들의 거리를 확인시켜 주는 구실을 하기도 해요. '나'는 제자인 건우의 집을 방문하며 섬사람들의 삶에 관심을 갖게 되면서 그들과 정서적으로 교감하게 되고 책임의식 또한 느낍니다. 하지만 홍수가 났을 때, '나'가 할 수 있는 일은 닭 쫓던 개 지붕 쳐다보듯이 밀려오는 강물만 맥없이 바라보며 건우와 그의 가족들을 걱정하는 것밖에는 없었어요. 건우네 가족과 섬사람들에 대한 걱정 때문에 버스를 타고 조마이섬이 보이는 곳까지 가지만, 넘치는 물과 경비를 나온 사람들의 제지로 인해 섬으로 들어가 구조 활동을 벌일 수는 없었어요. 섬사람들을 이해하고 함께 분노하지만, 그들과 함께 홍수를 견뎌 내고, 섬을 지키는 일을 방해하는 유력자에게 대항할 수는 없었던 것입니다. '나'는 섬 밖에서 살아가는 사람이었기 때문이지요.

이렇듯 홍수는 '나'와 섬사람들 사이의 '어쩔 수 없는 거리'를 확인시켜 준다고 할 수 있어요.

우리나라의 24절기

우리 조상들은 달이 차고 기우는 것을 기준으로 한 해를 세는 음력을 사용했어요. 하지만 음력은 계절과 맞지 않아, 농경 생활을 주로 하는 조상들이 음력을 기준으로 농사를 짓기에는 어려움이 많았지요. 그래서 조상들은 태양의 움직임을 관찰해 농사에 부합하는 달력을 만들어 냈어요. 지구가 태양의 둘

계절	절기	일자(양력)	소개	음력
봄	입춘(立春)	2월 4일	봄이 시작되는 날	정월
	우수(雨水)	2월 18일	눈이 비로 변하고 얼음이 녹아 물이 된다는 뜻	
	경칩(驚蟄)	3월 5일	개구리가 겨울잠에서 깸	이월
	춘분(春分)	3월 20일	낮이 길어지기 시작함	
	청명(淸明)	4월 5일	봄이 되어 삼라만상이 맑고 밝으며 화창해 나무를 심기에 적당함	삼월
	곡우(穀雨)	4월 20일	농사비가 내림	
여름	입하(立夏)	5월 5일	여름이 시작됨	사월
	소만(小滿)	5월 21일	햇볕이 충만하고 만물이 자라서 가득 차게 됨	
	망종(芒種)	6월 5일	씨 뿌리기	오월
	하지(夏至)	6월 21일	낮이 연중에서 가장 긺	
	소서(小暑)	7월 7일	여름 더위 한 차례	유월
	대서(大暑)	7월 23일	여름 큰 더위	
가을	입추(立秋)	8월 7일	가을의 문턱	칠월
	처서(處暑)	8월 23일	더위가 가심	
	백로(白露)	9월 7일	맑은 이슬이 내림	팔월
	추분(秋分)	9월 23일	밤이 길어지기 시작함	
	한로(寒露)	10월 8일	찬 이슬이 내리기 시작함	구월
	상강(霜降)	10월 23일	서리가 내리기 시작함	
겨울	입동(立冬)	11월 7일	겨울의 문턱	시월
	소설(小雪)	11월 22일	겨울 강설 한 차례	
	대설(大雪)	12월 7일	겨울 큰 눈이 옴	동지
	동지(冬至)	12월 22일	밤이 연중에서 가장 긺	
	소한(小寒)	1월 5일	겨울 추위 한 차례	섣달
	대한(大寒)	1월 20일	겨울 큰 추위	

레를 한 바퀴 도는 데 걸리는 길(360°)을 15°씩 나누어 만든 달력이 24절기랍니다. 절기력은 일 년 동안 태양이 움직이는 것을 관찰해 만들어졌기 때문에 현재 우리가 사용하는 서양 달력과 거의 비슷해요. 그리고 절기 안에는 서양 달력에서 알 수 없는 자연의 변화나 날씨의 변화가 담겨 있어요. 그래서 계절의 변화를 쉽게 알 수 있답니다.

24절기 중 처서는 8월 23일쯤에 해당하는 시기로 더위가 물러나고 가을이 오는 때를 말해요. 봄과 여름을 지나온 곡식들이 열매를 맺어야 하는 이 시기에 비가 오면 열매가 제대로 여물 수가 없겠지요? 그래서 처서에 비가 내리면 독 안의 곡식이 준다는 속담이 생겨났어요. 24절기는 조상들의 실생활과 밀접한 연관이 있어서 절기와 관련된 속담들이 많이 전해집니다.

절기에 관련된 속담	뜻
범이 불알을 동지에 얼리고 입춘에 녹인다.	날씨가 동지부터 추워져서 입춘부터 누그러짐을 이르는 말
입춘 거꾸로 붙였나.	입춘 뒤 날씨가 몹시 추운 경우에 이르는 말
우수 경칩에 대동강 물이 풀린다.	우수와 경칩을 지나면 아무리 춥던 날씨도 누그러짐을 이르는 말
한식에 죽으나 청명에 죽으나.	한식과 청명은 하루 사이이므로 하루 먼저 죽으나 뒤에 죽으나 같다는 말
소만 바람에 설늙은이 얼어 죽는다.	소만 무렵에 부는 바람이 몹시 차고 쌀쌀하다는 말
하지를 지나면 발을 물꼬에 담그고 잔다.	벼농사를 잘 짓기 위해서는 하지 후에 논에 물을 잘 대는 것이 중요하기 때문에 논에 붙어살다시피 하여야 함을 이르는 말
처서 밑에는 까마귀 대가리가 벗어진다.	처서 무렵의 마지막 더위는 까마귀의 대가리가 타서 벗겨질 만큼 매우 심함을 이르는 말
동지 지나 열흘이면 해가 소 누울 자리만큼 길어진다.	동지가 지나면 낮 시간이 길어지고 밤 시간이 짧아진다는 말
소한 추위는 꾸어다가라도 한다.	소한 때는 반드시 추운 법임을 강조하여 이르는 말
대한이 소한의 집에 가서 얼어 죽는다.	글자 뜻으로만 보면 대한이 소한보다 추워야 할 것이나 사실은 소한 무렵이 더 추운 것을 이르는 말

'썩어 빠진 글'은 어떤 글인가요?

"우리 거무란 놈 말을 들으니 선생님은 글을 잘 썬다 카데요? 우리
섬에 대한 글 한분 써 보이소. 멋지기! 재밌실 껌데이, 지발 그 썩어
빠진 글을랑 말고……."
"썩어 빠진 글이라뇨?"
가끔 잡문 나부랭이를 써 오던 나는 지레 찌릿해졌다.
"와 그 신문 같은 데도 그런 기 수타 난다 카데요. 남은 보릿고개
를 못 냉기서 솔가지에 모가지를 매다는 판인데, 낙동강 물이 파아
랗니 푸르니 어쩌니…… 하는 것들 말임더."

갈밭새 영감은 '나'와 술을 마시며 이야기를 나누던 중 '나'에게 섬에
대한 글을 써 보라고 하며 '썩어 빠진 글'에 대한 이야기를 해요. 갈밭
새 영감이 생각하는 '썩어 빠진 글'은 '남은 보릿고개를 못 냉기서 솔
가지에 모가지를 매다는 판인데, 낙동강 물이 파아랗니 푸르니 어쩌
니 하는 것들'을 말해요.

가을에 추수를 하고 나면 농사를 짓는 동안 빌려 썼던 토지세, 비
료값 등을 갚아야 했던 소작인들이 대부분이었기에 농사를 지은 농
민들에게 남는 것은 얼마 되지 않았어요. 그렇게 남은 곡식으로 다음

해 늦은 봄에 보리가 나올 때까지 견뎌야 했는데, 먹을 게 없어서 산에 가서 나물이나 칡뿌리를 캐 먹거나 고구마나 감자 등의 구황작물을 먹으며 생활해야 했어요. 이때의 힘든 시기를 '보릿고개'라고 하는데, 많은 사람들이 힘들고 배고픈 보릿고개를 넘기지 못하고 스스로 목숨을 끊는 비극적인 일이 많았다고 해요.

이 작품의 배경이 되는 1960년대 역시 대부분의 사람들이 가난하게 살아가고 있었기 때문에 갈밭새 영감이 '보릿고개'라는 표현을 사용한 것이에요. 그리고 힘없는 사람들이 살아가는 현실은 괴롭고 힘든데 그런 현실을 외면하고 담아내지 않는 글을 가리켜 '썩어 빠진 글'이라고 말하고 있어요. 하루 끼니와 잠자리를 걱정하지 않고 속 편하게 낙동강 물이 파랗다니 어쩌니 하는 글은 갈밭새 영감에게 아무런 감흥을 주지 못하는 글이었던 것이지요.

그렇다면 갈밭새 영감이 좋은 글이라고 생각하는 것은 어떤 글이었을까요? 이런 글이 아니었을까요?

징이 울린다 막이 내렸다
오동나무에 전등이 매어달린 가설 무대
구경꾼이 돌아가고 난 텅 빈 운동장
우리는 분이 얼룩진 얼굴로
학교 앞 소줏집에 몰려 술을 마신다
답답하고 고달프게 사는 것이 원통하다
꽹과리를 앞장세워 장거리로 나서면
따라붙어 악을 쓰는 건 쪼무래기들뿐

처녀애들은 기름집 담벽에 붙어 서서

철없이 킬킬대는구나

보름달은 밝아 어떤 녀석은

꺽정이처럼 울부짖고 또 어떤 녀석은

서림이처럼 해해대지만 이까짓

산구석에 처박혀 발버둥친들 무엇하랴

비료값도 안 나오는 농사 따위야

아예 여편네에게나 맡겨 두고

쇠전을 거쳐 도수장 앞에 와 돌 때

우리는 점점 신명이 난다.

한 다리를 들고 날나리를 불꺼

나고갯짓을 하고 어깨를 흔들거나

신경림 시인의 〈농무(農舞)〉라는 시예요. 이 시는 1973년에 발표된 시로, 가난하고 핍박받는 농촌의 현실을 담아내고 있는 작품이에요. 농사를 지어 봤자 비료값도 안 나오는 가난한 삶을 살아가고 있는 농민들이 자신들의 고단함을 신명나는 가락에 실어 풀어내고자 하는 모습이 드러나지요. 갈밭새 영감의 표현대로, 솔가지에 모가지 매고 싶은 농민들의 심정을 농민의 입장에서 표현했어요. 다만 삭막하거나 무섭게 표현하는 것이 아니라 신명과 해학을 통해 슬픔마저도 삶으로 받아들이려는 살아 있는 농민들의 모습을 보여 주는, 슬프지만 아름다운 시랍니다. 갈밭새 영감에게 이 시를 들려줬다면 무척이나 좋아했겠죠?

왜 소설의 끝을 소문으로 마무리할까요?

황폐한 모래톱 — 조마이섬을 군대가 정지를 하고 있다는 소문이 들렸다.

고전소설인 〈허생전〉의 마지막 구절은 "이튿날, 다시 찾아가 보았더니, 집이 텅 비어 있고, 허생은 간 곳이 없었다."예요. 간 곳 모르는 허생은 어찌 되었을까요?

소설이나 시나리오 등에서 작가가 결말 부분을 확실히 매듭짓지 않고 독자의 상상력에 맡기는 방식을 '열린 결말'이라고 합니다. 열린 결말은 독자가 작품의 결말을 자기 나름대로 추리하고 상상할 수 있어서 읽고 나서도 작품에 대한 여운이 오래 남는 효과가 있답니다. 작가의 측면에서는 어떨까요? 작품의 결말을 여러 가능성을 두고 열어 두면 이야기꾼으로서의 부담감은 줄어들면서 독자의 상상력을 자극하여 흥미를 유발할 수 있게 되지요.

이 작품에서도 소설의 결말을 소문으로 마무리하여 독자의 상상력을 자극하고 궁금증을 증폭시키고 있어요. 어떤 추측이 가능한가요? 조마이섬에 군대가 머무르며 땅고르기를 하고 있다는 것은 결국 조마이섬의 소유권이 섬사람들에게 주어지지 못했다는 것을 암시하는 듯합니다. 홍수와 폭력, 더 나아가 살인까지 일어난 섬에 공권력이 투입되는 것은 어쩌면 치안 유지 측면에서 당연한 결과라고 할 수 있을지도 모릅니다. 그러나 이곳에 사는 사람들에게는 조마이섬의 소유권이 자기네의 의지와는 상관없이 이리저리 남의 손에 넘어가는 상황이 반복되었으니 군대가 머물러 있는 것도 위협적으로 느껴질 수 있겠지요.

그러나 이 작품의 결말을 절망적으로만 보지 않는 시각도 있습니다. '남의 땅을 먹으면 시한폭탄을 먹는 것'이라고 건우에게 격하게 얘기하던 '나'가 조마이섬의 이야기에 묵묵히 있을 수가 없어서 글을 쓴 것이나, 감옥살이를 하는 갈밭새 영감을 구하기 위해 발 벗고 나서는 윤춘삼을 비롯한 섬사람들의 노력, 그리고 정당한 저항자로 성장할 것이 기대되는 건우의 모습에서 미래의 희망을 찾을 수 있을 것입니다.

이 작품의 결말을 어떤 시각으로 보든지 우리는 이 작품을 다 읽고 나서 자기 나름대로의 결말을 상상하고 추측하는 숙제를 풀어야 합니다. 소설 읽기의 또 하나의 즐거움인 '결말 상상하기'에 기꺼이 참여하는 적극적인 독자가 되어 보세요. 건우 할아버지와 건우의 인생은 어떻게 될지, 또 조마이섬의 운명은 어찌 될지……. 여러분도 궁금하지요?

소설 속 사투리

작가들이 소설 속에서 사투리를 사용하는 이유는 한마디로 현실적인 작품을 쓰기 위해서예요. 소설은 어떤 특정한 지역을 배경으로 하고 있고, 그 속에서 살아가는 주인공이라면 당연히 그 지역의 말투로 얘기해야 '실제로 있을 법한 인물'로 살아나기 때문이지요.

낙동강 하류의 어느 섬을 배경으로 한 〈모래톱 이야기〉에서도 갈밭새 영감, 윤춘삼, 건우 등의 인물이 걸쭉한 경상도 사투리를 구사하며 이야기를 전개해 나갑니다.

다음은 각 지역별 사투리를 사용한 소설의 일부분입니다. 짧게 실었지만 사투리의 매력을 느껴 보세요.

1. 충청도 사투리 - 이문구의 〈우리 동네 황씨〉

"챙근엄니는… 말을 귀루 안 듣구 입으로 들유? 수재민이라구 홋것만 입으라는 벱이 워디 있유. 그러면 그 사람들이 한 끄니래도 끓이라고 추렴해 준 양석 팔어 빤쓰부텀 사 입어야 쓰겄우? 게, 다 나두 생각이 있어 내논 겐디 뎁세 나를 트집헐류? 말에 도장 읎다구 함부루 입방아 쩧지 마유. 이게 왜 흔게유. 남대문 표는 삼 년을 입어도 새물내만 납디다유. 공중 넘우세스럽게시리 이유 삼지 말구 얼릉 딴다나 가 보유."

2. 제주도 사투리 - 현기영의 〈순이 삼촌〉

"동네 사람들이 날 숭보암서라. 새로 온 민기네 집 식모는 밥 하영(많이) 먹는 제주도 할망이엔 소문나서라."

나는 하도 말도 안 되는 말이라 어이가 없었다.

"아니, 누게가 그런 쓸데없는 소릴 헙디가?"

"허기사 고향서 궂은일, 쌍일을 허멍 보리밥 한 사발 고봉으로 먹던 버릇 따문에 아명 밥을 적게 먹젱 해도 공깃밥 먹는 조캐네들보다사 하영 먹어지는 게 사실이쥬. 사실이 그렇댄 해도 밥 하영 먹는 식모엔 사방팔방에 놈한티 소문내는 벱이 어디 있이니?"

112

3. 전라도 사투리 - 최명희의 〈혼불〉

"이 썩을 놈아. 너도 인자 늙어 바라. 너라고 머 펭상 젊을지 아냐? 빽다구 쇠토
막 같을 적에야 머엇이 부러어? 늙어 바야 속을 알제. 머, 장개가고 시집가고 자
식 나서 키우는 일이, 재미야. 오저서들 허는 일인 중 아냐? 그거 다 그날부텀
고생인 거이여. 고생 덩어리 꽝아리에다 이고, 지게에다 지고, 서로 만나서 고생
으로 자식 키우는 게 인생이여. 아, 존 날도 있제 왜 없겄냐. 근디 존 것은 잠깐
이고 궂은 날은 한 펭생이여. 우리 같은 인생이 무신 용 뻬는 재주가 있어서 마
른 날 깟신을 신고 꽃귀경을 댕기겄냐."

4. 평안도 사투리 - 김동인의 〈배따라기〉

"고향이 영유요?"
"예, 머 영유서 나기는 했디만 한 이십 년 영유를 가 보지두 않았시요."
"왜, 이십 년씩 고향엔 안 가요?"
"사람의 일이라니 마음대로 됩데까?"
그는 왜 그러는지 한숨을 짓는다.
"그저 운명이 제일 힘셉디다."
운명의 힘이 제일 세다는 그의 소리엔 삭이지 못할 원한과 뉘우침이 섞여 있다.

사실 문학 작품을 읽으면서 사투리를 정확하게 해석해야 작품을 이해할 수 있
는 것은 아니에요. 전체적인 문맥 흐름을 살펴 대충의 의미라도 파악해 보려는
노력이 필요하지요. 그러니 작품 속에서 모르는 사투리가 나왔다고 읽기를 포
기하지 말고 글의 흐름과 분위기를 살펴 이해하려고 노력해 보세요.

작품 밖 세상 들여다보기

시대

작가

작품

독자

작가 이야기
김정한의 생애와 작품 연보, 작가 더 알아보기

시대 이야기
1960년대 중후반

엮어 읽기
제목으로 알아보는 김정한의 대표작

독자 이야기
'갈밭새 영감'에 대한 모의재판

김정한의 생애와 작품 연보

1908(음력 9월 26일) 경남 동래군에서 김기수 씨의 장남으로 태어남.
무오사화에 16대조 김일손(1464~1498)이 참화를 입은 이후로
집안에서는 '정치를 하는 것'이 금기 사항이 되었으며 김정한
역시 그러한 당부를 들으며 성장했다. 부농에 속하는 집안이
었으며, 아버지가 새로운 학문과 세상에 대해 우호적이어서 김
정한을 비롯한 동생 모두 고등교육을 받을 수 있었다.

1913(6세) 향리에서 한학을 배우기 시작함.
집안 아이들을 위해 연 서당에서 증조부에게 한학을 배웠다. 친손자에
대한 편애와 그에 따른 편견, 더딘 학습 진도 문제 등을 겪으며 서당을
그만두게 되는데 이때 권위에 대한 반감과 더불어 반골 기질을 처음으
로 자각하게 된다.

1919(12세) 범어사 경내에 있는 사립 명정(明正)학교 입학함.
독립 운동가이던 만해 한용운과 김법린의 영향을 받은 명정학교는 민
족의식이 매우 높았던 곳이었다. 그런 영향으로 3·1 운동 때 김정한
도 만세를 불렀다.

1923(16세) 서울의 중앙고보에 입학함.
어른들의 동의 없이 친구와 함께 서울로 올라간 뒤 억지로 허락을 받
았다. 부모님께서 송금해 준 학비를 가지고 화투에 손을 대다가 학비
를 자주 날렸으며 이를 아버지에게 들켜 부산으로 내려와 동래고보
로 학교를 옮기게 된다.

1928(21세) 교사 자격시험에 합격하여 9월 양산 대현공립보통학교의 교사
로 발령을 받음.
11월 일본의 민족적 차별 대우에 불만을 품고 조선인교원연맹
조직을 계획하였으나 일본 경찰로부터 가택 수색을 받고 피검
되어 고문과 조사를 받다가 풀려나며 학교를 그만두게 됨. 이때
의 경험을 소설 〈어둠 속에서〉(1970)에 표현함.

1929(22세) 일본 유학을 떠남.

1929년에 동경 제일외국어학원을 다닌 후 1년 뒤인 1930년 와세다대학 제1고등학원 문과에 입학하였는데 와세다대학의 자유주의적 학풍에 영향을 받았으며, 자신과 같은 반골 기질의 유학생들과 어울리며 다양한 사회서적 등을 읽는 독서회에 가입하여 활동했다. 클래식 레코드를 사 모으는 것을 좋아했는데 특히 차이코프스키를 좋아했다.

1932(25세) 여름 방학 때 고향에 왔다가 양산 농민봉기사건에 관련되어 검거되어 학교를 그만두게 됨.

12월, 마름과 지주에 대한 소작인의 저항을 다룬 단편소설 〈그물〉을 발표함. 그 전에 11월에는 소설 〈구제 사업〉의 제목만 발표했는데, 이 작품은 당시 사방 공사나 상수도 공사 등의 구제 사업을 명목으로 나라에서 영세민을 동원하여 노동력을 착취하는 것을 고발한 작품임.

1936(29세) 남해 공립보통학교의 교사로 취임하면서 문학에 대한 본격적인 뜻을 세우고 작품 활동을 시작하였으며 그러한 노력 끝에 1936년 1월 단편 〈사하촌〉이 조선일보 신춘문예에 당선됨.

이 작품으로 인해 고향의 범어사로부터 엄청난 비난을 받았고 신춘문예 상금의 반을 치료비로 쓸 만큼 크게 다치는 테러를 당하기도 했다.

1940(33세) 3월에 교사를 그만두고 동아일보 동래지국을 인수하여 지국 일에 전념하던 중 치안유지법 위반으로 검거되어 고생을 하였으며, 8월 동아일보가 폐간되어 지국 일도 그만두고 11월 도청 직원으로 있던 선배의 도움으로 경상남도 면포조합 서기로 취직하여 해방될 때까지 근무함.

부산 교도소 뒤편 냇가에 집을 마련하였으며, 그 집의 주소가 '서구 동대신동 3가 210번지'로 이때부터 '대신동 시대'라고 불리게 됨. 〈월광한〉, 〈낙일홍〉, 〈추산당과 곁사람들〉을 발표함.

1945(38세)   8월 12일 불령선인으로 지목된 사람들에 대한 위험이 있다는 소식을 듣고 구포 지인 댁으로 피신하여 광복을 맞게 됨. 8·15 해방과 더불어 건국준비위원회 경남지부 문화부 책임자로 활동하면서 신고송과 함께 '희망자'라는 연극단을 만들어 공연하는 한편 부산 동래 희생자 위령탑을 건립함.

1950(43세)   국민보도연맹에 이름을 올렸다가 6·25 전쟁 후 군 수사기관에 체포되어 모진 고문을 받고 죽을 위기에 처했으나 처남, 남해 시절의 제자 등의 도움으로 가까스로 목숨을 구함.

1966(59세)   10월, 소설 〈모래톱 이야기〉를 발표함.
녹슬지 않은 치열함과 열정을 보여 준 작품으로 평가받으며 많은 후배들에게 영향을 미쳤다.

1967(60세)~**1987**(80세)   부산대학교 교수로 복귀하였다가 정년퇴직함.
한국문인협회 및 예총 부산지부장으로 취임, 민주회복국민회의 대표위원, 한국 앰네스트(국제사면위원회) 위원, 부산 5·7문학회 고문, 민족문학작가회의 회장 등을 역임하며 활발한 사회 활동을 함.
〈수라도(修羅道)〉, 〈뒷기미 나루〉, 〈어둠 속에서〉, 〈산거족〉 등의 작품을 발표함.

1996(89세)   노후에 협심증과 폐기종으로 고생하다 감기 기운으로 병원에 입원했다가 깨어나지 못하고 11월 28일 타계함.
장례식은 사회장으로 치러졌으며 신불산 공원묘지에 영원히 잠들었다.

작가 더 알아보기

1939년 어느 여름 날

오늘 또 어느 시인이 이름 모를 새가 운다고 시에 끄적거려 놓았다. 이 세상에 이름 없는 풀과 꽃, 새가 있던가? 나는 작가들이 이렇게 사명감 없이 글을 써 대는 것이 참 마음에 안 든다. 조금만 관심을 가지고 관찰하고 공부하면 그것들의 이름만 아니라 오묘한 모양, 색깔, 향기까지도 보고 느낄 수 있을 텐데…….

어제는 깊은 산에 가서 식물도감에 수록할 풀 잎사귀를 잔뜩 모아 왔다. 그것들의 모양과 이름, 생태를 적고 생김새도 세밀하게 그려 넣은 '향토 식물도감'이 이제 거의 완성 단계에 왔다. 우리 땅에서 나는 나무, 풀꽃  들이 너무나도 많은데 시간적·공간적 한계로 인하여 나의 책에 다 담을 수 없는 것이 안타까울 뿐이다.

작가라는 이름을 가지려면 우리말에 대한 공부를 하는 것은 당연한 일이다. 필요한 말을 가려내고 골라 적재적소에 쓸 수 있는 것. 이 감각을 키우기 위해 나는 지금 나만의 '문학 용어 사전'을 만들고 있다. 지금 만들고 있는 부분은 '연료' 항목인데, 여러 가지 땔나무들을 비롯하여 이 항목에 들어갈 수 있는 말들을 정리하고 있다. 작업은 어렵지만 내가 조사한 말들이 생명력을 갖고 내 글 속에서 부려 써지는 것을 보는 것이 뿌듯하다.

《향토 식물도감》은 김정한이 남해에서 교사 생활을 하던 시절(1933년~1940년) 만들어진 책입니다. 정확한 연도는 알 수 없어 추정하여 쓴 것입니다.)

– 부산일보 〈새로 쓰는 요산 김정한〉(2008. 11. 8.) 기사를 바탕으로 함.

1940년 어느 날

낙동강가 후미진 마을에서 피신살이를 잘 해 왔는데, 오늘, 끝내 잡혔다. 일본 헌병 앞잡이에게 끌려간 나를 마중(?) 나온 한 사내가 "곤칙쇼!(이 새끼!)"라고 욕지거리를 해 대며 뺨을 한 대 올려붙였다. 어두침침한 독방으로 끌려갔다. 곧 몽둥이질과 발길질이 시작되었다. 이상하게도 그다지 아프지 않았다. 어느 방에선가 들려오는 아이들과 여인들의 까무러지는 듯한 비명 소리가 들렸다. 그것이 나와 함께 잡혀 온 아내와 내 아이의 소리인 듯하여 이를 악물었다. 그 속에서 나는 조국을 위해서 쓰러져 간 사람들의 기막힌 고통과 기쁨을 아울러 생각하려고 애썼다.

고문은 한 번으로 끝나지는 않았다. 때리고, 차고, 쑤시고, 지지고, 물을 먹이고…… 그러다간 '굴뚝 시험'이란 장난까지 했다. 신문지를 길게 말아서 두 콧구멍에 굴뚝처럼 꽂아 두고, 그 끝에 불을 붙여 연기가 코로 들어가게 하는 고문이다. 그들은 인간의 육체를 괴롭히고 놀리는 데 생의 보람과 흥미를 가지는 모양이다.

나의 몸에 물과 전기를 들이댈 때 차라리 꽝! 쏘아 죽여 주었으면 좋겠다고 생각했다. 이런 고통을 살아서 얼마나 더 당해야 할지…….

그러나 여자와 아이들의 비명 소리를 들으면서 나는 이를 악물었다. 이렇게 죽을 수는 없다. 연약한 여인과 철부지 어린 아들에게까지 몹쓸 짓을 하고 있는 그들은 나의 굴복이나 죽음을 바랄 테니, 그러니 꼭 살아남아 이 치욕을 갚아 주겠다.

- 《낙동강의 파수꾼》 중, 〈죽음을 각오하던 날〉을 바탕으로 함.

1960년대 중후반

수마 덮인 옥야(沃野)엔 나룻배만

둑이 터져 만 1주일째 접어드는 2일 현재까지도 영남의 곡창 지대인 김해평야는 수심 최저 3미터에서 6미터로, 가옥과 옥토가 물속에 그대로 잠겨 있다. 14명(부상자 20명 제외)의 귀중한 생명을 앗아가고 이재민 8379명(총 피해액 1억 40여만 원 상당)을 낸 김해군은 이날 현재까지도 7074정보의 전답이 아직 물에 잠겨 있

물바다에서 간신히 가옥 지붕만이 보이기 시작한 시전부락

으며, 특히 이북면 낙산부락의 수림정과 시전부락 앞 전답 538정보는 최고 6미터의 수심으로 나룻배와 육군 공병기술학교에서 지원해 준 보트 1척으로 사람 또는 구호양곡 등을 실어 나르고 있다.

지난달 25일 하오 3시경 낙동강 토지개량조합에서 관리하는 서부농장 제방 4군데가 한꺼번에 터져 34가구(인구 192명)가 사는 시전부락을 몽땅 삼키고 마을 앞 전답 530여 정보가 단숨에 물바다로 변하였으나 다행히 대낮이었기에 인명 피해는 없었으나, 이 물이 빠지려면 비가 안 오고 20일 내지 30일이 걸려야 한다고 말하고 있다.

집과 옥토, 그리고 가재도구 등을 모진 수마에 빼앗긴 시전부락민 34가구 192명은 모두가 철도 연변에 가마니 등으로 움막을 치고 간신히 생명을 이어가고 있었는데, 이들 수재민들은 설상가상으로 수마로 고립되자 육지로부터 식수 공급이 안 되어 흙탕물을 먹고 모두가 두통에 구토증이 나고 고열로 설사까지 하는 등 34가구 가족 전원이 마치 적리병 증상과 같은 흙탕물 중독에 걸려 신음하고 있었다.

시전부락 이장 노두리(40세) 씨는 식수와 땔나무가 없어 밥을 지어 먹는 것이 큰 걱정거리라고 말하면서 구호양곡이라곤 천주교구제회 등 외국 원조기관에서 보내 준 옥수수가루 3되와 밀가루 1되씩뿐이며, 도당국에서 긴급 방출했다는 구호미는 받은 사실이 없다고 말하고 있다.

묘판과 기타 경작지 전부가 물바다에 잠긴 이곳 시전부락민들은 한 가닥 희망을 예비 묘판 설치에 내걸고 인접 면 또는 부락의 천수답을 빌려서 예비 묘판을 설치하고 있었으나 그나마 도당국에서 방출했다는 예비 묘판용 나락의 부

족으로 타 지방에서 묘를 사들이고 있었는데, 묘 한 묶음에 20원 내지 25원 씩을 호가하고 있기 때문에 웬만한 집은 금년 농사를 포기하는 실정이다.

(1963)

살 곳 잃은 딱한 난민

165만여 평의 광활한 바다를 막아 푸른 농원을 만든 60여 가구 400여 난민들이 그들의 낙원을 일시에 잃어버리고 기아선상에서 각계에 호소하고 있다. 경기도 김포군 양촌면 학운리 550정보의 거대한 간척지. 이곳에는 무지 때문에 빚어야만 했던 슬픔이 어려 있다.

추용택(50세) 씨를 비롯한 난민 100여 가구가 학운리로 모여들기는 지난 62년 9월 초순. 이들은 이곳 일대 500여 정보를 이상향으로 청하고 62년 10월 11일 2300미터의 긴 방축 공사를 맨손으로 시작했다. 흙과 살아온 그들은, 법조문에 규정된 제반 매립 허가 수속이나 간척 공사에 따르는 허다한 수속 사무를 몰랐다. 그저 개간을 하여 경작지로 만들면 소유권이 따라오게 되는 줄로 안 것이 오늘의 기막힌 현상을 가져왔다.

주렷 배를 움켜잡으며 묵묵히 공사를 진행하던 중 이들의 참상을 목격한 서울의 김 모 씨가 나타나 구호기관에 호소해 곡식을 대여해 주는 등 이들을 음양으로 도와 63년 5월경 드디어 수문 200미터를 제외한 전 방파제를 쌓고 피와 땀의 보람을 눈앞에 두게 되었다. 이즈음 63년 9월 11일 삼호농장 방파제 바로 옆 갯벌에는 농림부장관이 발부한 공유수면 매립 면허증이 나붙었다. 양촌면 학운리, 김곡리, 금단면 오류리 등 666여 정보의 개간지는 서울 성동구 신당동에 사는 김봉린(새나라농장 대표) 씨의 면허지임을 증명한다는 청천벽력 같은 소유권자의 말뚝이 박혀진 것이다. 이 666정보 속에는 500여 정보의 삼호농장 측 토지도 포함되어 있다. 난민들은 당황하여 김 모 씨를 대리인으로 농림부에 허가 신청을 내는 한편 서울고등법원에 면허 취소 소송을 제기, 법정 투쟁을 벌였으나 김 씨의 일방적인 돌연한 소송 취하(난민과 협의 없이)로 새나라농장에 승소 판결이 내려졌다. 땅을 잃은 이들에게 배급되던 구호양곡마저 끊기고 이들은 이때부터 생계를 이을 끼니마저 구할 길 없어 갯벌에 나가서 잡은 게를 팔아 보리죽으로 지내며 당국에 그들의 처지를 호소하다 지쳐 국회에 청원을 내기로 했다. 한편 새나라농장 측은 학운리 등의 666정보의 개간지가 합법적인 절차를 밟은 그들의 소유지라고 주장, 이들 난민의 불법 주거를 당국에 진정하고 있다. (1964)

사모아 근해서 참치잡이 하던 제2지남호 침몰

적도를 넘어 남쪽 바다 멀리 사모아 근해로 참치잡이를 나간 우리나라 원양어로선인 제2지남호가 사모아 동쪽 900마일 해상에서 조난 침몰하여 승무원 23명 중 2명이 기적적으로 살아나고 나머지 21명이 행방불명된 비보가 날아들었다.

현장에는 우리나라 어선 5척과 일본 어선 1척이 동원되어 구조 중이며, 미공군 및 뉴

부산항을 떠날 때의 제2지남호

질랜드 공군이 나서서 공중 수색도 하고 있는데, 현재 기상 관계로 연락이 여의치 않아 자세한 소식은 전해지지 않고 있다. 제2지남호는 제동물산이 지난 59년 어장을 개척한 후 이번에 세 번째로 사모아 참치잡이에 나섰는데, 지난해 섣달 24일 사모아 항을 떠나 어장으로 첫 어로 작업을 나가다가 이런 변을 당했다. 이 배는 작년 9월 29일 부산항을 떠나 일본에서 어구와 사료를 실은 후 11월 21일 현지로 향했었다. 제2지남호의 조난 장소는 작년 8월 일본 선박 2척이 침몰했던 곳이라 한다.

조난 원인에 대해 제동물산 사장은 계절적인 삼각돌풍이거나 그렇지 않으면 '매니히키' 제도 연안에 숱하게 깔려 있는 산호에 좌초된 것이 아닌가 보고 있다. (1964)

중학 입시 정답 파동

'베일' 속에 실시된 66학년도 서울 시내 중학교 입시는 세칭 일류교인 경기중학에서 정답 시비가 일어남으로써 5년 만에 부활된 단독 출제는 우선 낙제점. 이번 정답 시비는 입시에 대한 문제점을 던진 가운데, 23일에는 경기중학에 응시했다 불합격된 아동 110명의 자모들이 서울 고등법원에

경기중학교에 응시했다 불합격된 아동의 자모들이 교감에게 항의하는 모습

'불합격 처분 취소' 및 '합격 확인 청구 소송'을 제기하는 사태까지 빚어냈다. 이로써 65학년도에 있었던 '무즙 재판'에 이은 '정답 재판' 사태를 우리 교육계에 또 가져오게 된 것이다.

이와 같은 정답 파동에 대해 교육 전문가들은, 몇몇 학부형들의 변칙적인 일류

병에 의해 교육 행정이 좀먹게 됐다고 지적하고, 교육은 학교에 맡길 줄 아는 학부형들의 교육에 대한 신뢰와 이해가 아쉽다고 안타까워하고 있다. (1965)

사공 배짱에 헤엄쳐 등교

제천군 청풍면 북진리 나루터 사공들은, 지난 3월 이래 종래 곡식으로 받던 도강료를 매일 현금으로 받아 주민들의 빈축을 사는 가운데 마을 사람들이 승선을 기피해 왔는데, 이번에는 어린 통학생들에게도 월 250원의 도강료를 요구, 돈을 안 내면 승선을 거부하고 있어 이곳 청풍중학교에 다니는 남녀 학생 80여 명은 위험을 무릅쓰고 헤엄을 쳐 강을 건너 등교하고 있는 실정이다. 학부형 김 모 씨는 "익사자가 생길까 걱정이다. 당국이 하루 속히 대책을 강구해 주기 바란다"고 말했다. (1967)

중학 입시제도 폐지

문교부는 15일 초등학교 교육의 정상화를 위해 69학년도부터 중학교 입시를 폐지하고 중학교군을 설치, 추첨으로 입학토록 결정했다. 이와 함께 중학교 입시 지옥의 원인을 제거하기 위해 경기, 서울, 보성, 중앙, 경기여, 숙명 등 세칭 대표적인 공사립 일류중학교 14개교를 연차적으로 없애고, 그 시설을 고등학교에 전용키로 했다.

무시험으로 바뀌고 난 후 뺑뺑이를 돌려 진학할 중학교를 추첨하는 모습

이날 문교부가 확정 발표한 중학 입시 개선의 내용은 69학년도부터 71년까지 3개년에 걸쳐 전국 중학의 시험제 입학을 완전히 없애되, 69학년도는 서울만, 70학년도는 부산, 대구, 광주, 인천, 전주시까지, 71년에는 전국에 확대 적용키로 했다. 69학년도부터 실시될 '학교군제 추첨 입학제'는 현행 행정구역과 동구역 내의 초등학교 수를 고려, 학교군을 설치하고 해당 학교군 구역 안에 있는 초등학교 졸업생은 해당 구역의 학교군에 지원해서 그 지원자 가운데서 추첨으로써 입학할 학교를 뽑는 것이다. 문교부장관은 이 입시 개선책을 발표하면서 "중학교 시험제 입학을 없애는 것은 우리나라 교육사의 큰 혁명"이라고 밝히고, 이는 초등학교 교육의 정상화, 과외 공부 해소, 학교 차 해소, 입시 경쟁의 시점 연장 등의 장점을 지니고 있다고 설명했다. (1968)

제목으로 알아보는 김정한의 대표작

1. 사하촌(寺下村)

〈사하촌〉은 일제의 횡포가 극에 달하던 때인 1936년에 발표된 작품이에요. 당시는 우리 민족이 많은 고통을 당할 때였어요. 작가는, 같은 민족인 지주 계급이나 승려 혹은 친일파가 일본인들보다 더 혹독하게 우리 민족을 괴롭혔다는 점에 주목하여 〈사하촌〉을 지었어요.

　〈사하촌〉을 제목 그대로 풀이해 보면 '절밑의 마을'이라는 뜻입니다. 보통 '절'이라고 하면 부처님의 자비심을 중생들에게 널리 알려 중생을 편안케 하는 공간이라고 할 수 있지요. 그런데 민중들에게 힘이 돼 줘야 하는 스님들이 일제보다 더 악랄하게 우리 민족을 괴롭혔다면 어땠을까요? 이 소설은 일제 시대를 배경으로, 타락한 종교가 어떻게 우리 민족에게 고통을 주는지를 사실적으로 그리고 있는 농촌 소설이에요.

　그렇다면 보광사 아랫마을 사람들에게 무슨 일이 있었는지 한번 살펴볼까요?

　절 밑 마을은 두 곳으로 나눌 수 있는데, 하나는 보광사의 보호를 받고 있는 보광리이고, 다른 하나는 보광사 소유의 토지를 소작하는 성동리 마을이에요. 이 소설은 해마다 계속되는 가뭄 때문에 농사지을 물이 없어 괴로워하는 성동리 마을 사람들과 자신의 논에만 물을 대고 물꼬를 터 주지 않는 보광사 승려들의 갈등으로 시작돼요. 더 나아가 보광사 승려들이 물꼬를 터 주기는커녕 그런 요구를 하는 마을 사람들을 폭행하거나 심한 소작료를 매겨 삶의 터전마저 빼앗게 되고 그로 인해 갈등이 심화된답니다. 반면 보광리 사람들은 안정적으로 물을 공급받고 부유하게 살면서, 유학도 가고 쾌락적인 삶을 즐기지요.

성동리 마을 사람들의 비극적인 삶은 나아질 기미 없이 점점 비참해지고 결국 성동리 주민들은 참다못해 차압 취소와 소작료 면제를 요구하기 위해 빈 짚단을 들고 보광사로 향하게 되지요.

〈모래톱 이야기〉와 〈사하촌〉의 가장 큰 공통점은 두 소설의 시대가 다름에도 불구하고 우리 민중을 괴롭히고 착취하는 부정적인 세력이 존재한다는 것입니다. 두 소설 모두 장마와 가뭄이라는 극한적인 자연재해를 당해 고군분투하는 사람들을 나 몰라라 하는 부정적인 세력들이 비판의 대상이 되고 있지요. 〈모래톱 이야기〉에서는 조마이섬의 주인이 아니면서도 주인 행세를 하는 유력자들이 조마이섬을 송두리째 빼앗으려고 하고, 〈사하촌〉에서는 보광사 승려들이 복을 준다는 미끼로 부당하게 농민들의 땅을 빼앗고 소작료를 착취하는 모습이 나와 있어요. 그런 상황에서 두 작품 속 등장인물들은 현실에 굴복하지 않고 끝까지 부정적인 세력에 맞서 저항하는 모습을 보이고 있지요.

어쩌면 평생 저항의 삶을 살았던 작가의 모습을 소설 속 주인공들이 대신해 또 한 번 소설 안에서 저항하고 있는 건지도 모르겠네요. 또한 두 작품 모두 열린 결말을 통해 민중들의 고난스러운 삶을 비참함으로 끝내지 않고 그 이후의 삶을 독자들이 더 깊게 생각해 볼 여지를 남기는 공통점도 있습니다.

그렇다면 이제 두 소설의 차이점을 살펴볼까요? 〈모래톱 이야기〉에 비해 〈사하촌〉은 특정 주인공이 부각되지 않고 다양한 인물들의 삶이 에피소드 형식으로 그려져 생활의 생생함이 더 사실적으로 나타났다고 할 수 있어요. 〈모래톱 이야기〉는 갈밭새 영감이라는 영웅적인 인물이 소설의 전반에 나타나 민중들을 이끌어 가는 모습이 드러나고 있는데, 이 점이 〈사하촌〉과 다르다고 할 수 있어요.

타작마당 돌가루 바닥같이 딱딱하고 말라붙은 뜰 한가운데, 어디서 기어들었는지 난데없는 지렁이가 한 마리 만신에 흙고물 칠을 해 가지고 바둥바둥 굴고 있다. 새까만 개미 떼가 물어 뗄 때마다 지렁이는 한층 더 모질게 발버둥질을 한다. 또 어디선가 죽다 남은 듯한 쥐 한 마리가 튀어나오더니 종종걸음으로 마당 복판을 질러서 돌담 구멍으로 쏙 들어가 버린다.

또한 〈사하촌〉이 힘겨운 삶을 살아 내고 있는 민중의 모습을 '지렁이'로, 민중을 억압하는 세력을 '개미 떼'로 표현함으로써 소설 전체의 주제를 상징적으로 나타내고 있다면, 〈모래톱 이야기〉는 〈사하촌〉에 비해 주제를 표현하는 방식이 비유가 아닌 직설적인 묘사를 통해 그려진 작품이라고 할 수 있답니다.

2. 수라도(修羅道)

'수라도'는 불교 용어로, '사악한 귀신이 사는
세계'를 말합니다. 그렇다면 작가는 왜 '수라
도'라는 무서운 제목으로 소설을 발표했을까
요? 아마도 〈수라도〉 속의 시간적 배경이 지
옥보다 더 비참했던 일제 강점기였기 때문일
거예요. 작가는 이 소설 속 주인공인 가야
부인을 비롯한 우리 민족 전체가 버티고 살
아남아야 했던 일제 강점기를 바로 악귀가
사는 수라도에 비유한 것이지요.

　소설 〈수라도〉의 주인공은 가야 부인으로 모든 사람들에게 존경을
받는 인물입니다. 일제 시대만 하더라도 아직 여자들이 남자들보다
는 지위가 낮은 때였는데 어떻게 가야 부인은 모든 이들로부터 존경
과 칭송을 받을 수 있었을까요?

　가야 부인은 김해 명문가의 딸로 유교적 가풍의 선비 집안인 허씨
집안으로 시집을 와 대쪽 같은 성품의 시아버지와 유약한 시어머니
를 모시며 허씨 집안의 살림을 도맡아 하게 돼요. 뿌리 깊은 선비 집
안인 허씨 집안의 남자들은 일제의 억압적 상황에 맞서 절개를 굽히
지 않았고 집안은 날로 어려워져요. 시할아버지가 독립운동을 하다

돌아가시고 설상가상으로 시동생 역시 3·1 운동 때 죽임을 당하고, 시아버지 또한 애국지사 박해 사건에 연루되어 고초를 겪게 됩니다. 이런 집안의 위기 상황에서 가야 부인은 양반으로서의 권위만 내세우지 않고 그 시대 여인으로는 드물게 평등 의식과 박애 정신을 갖고 사람들을 대해 어느 순간 사람들의 존경을 받게 되지요. 심지어 불당을 세우려는 가야 부인과 갈등하던 시아버지조차도 가야 부인의 불교와 유교의 경계를 뛰어넘는 화합 정신을 인정하며 죽음을 맞이하게 됩니다.

하지만 불굴의 강인한 정신으로 인내하며 삶을 살아 낸 가야 부인도 광복 후 친일파들이 죗값을 치르기커녕 국회의원까지 되는 부당한 현실에 분노하지요. 아들 가운데서 가장 똑똑하다고 생각했던 막내아들조차 벼슬에 뜻이 없고 농민조합을 만들어 활동하는 것을 보고 가슴 아파해요. 그리고 가야 부인이 임종하는 순간 멀리서 포성이 울리고 6·25 전쟁이 시작되며 소설은 끝이 나지요. 아직도 우리나라는 비극이 끝나지 않은 '수라도'라는 것을 암시하듯이 말이에요.

〈모래톱 이야기〉와 〈수라도〉의 가장 큰 공통점은 뚝심 있고 영웅적인 인물들이 소설의 내용을 이끌어 가는 데 있어요. 〈모래톱 이야기〉의 갈밭새 영감과 〈수라도〉의 가야 부인은 성별만 다를 뿐, 인본주의 철학(인간이 모든 것의 중심이 된다는 사상)을 바탕으로 어떠한 부당한 권력 앞에서도 굴하지 않고 자신들의 뜻을 관철시키고자 노력하는 인물입니다. 이들은 절망적 상황이 와도 피하지 않고 현실에 대한 올바른 인식을 가지고 자신을 희생하면서까지 조마이섬과 허씨 집안을 지키려 최선을 다하지요. 이 두 인물을 통해 부조리한 근현대사를 지혜롭고 용기 있게 겪어 낸 우리 민족의 강인한 모습을 엿볼 수 있습니다.

두 소설에서 보이는 차이점 가운데 하나는 인물이 겪는 갈등 구조가 다르다는 거예요. 〈모래톱 이야기〉의 갈밭새 영감은 시대에 따라 변하기는 하지만 한결같이 땅을 빼앗으려 하는 유력자와 갈등을 벌이고 있지요. 반면 〈수라도〉의 가야 부인은 특정 인물이 아닌 자신이 살아가고 있는 시대와 갈등을 벌이고 있어요.

또한 내용 전개에서도 다른 모습을 찾아볼 수 있는데, 〈모래톱 이야기〉가 '나'와 만나서 벌어지는 사건이 중심이 되어 이야기가 전개된다면, 〈수라도〉는 가야 부인의 삶을 중심으로 하는 일대기적인 모습을 그리고 있어요.

이처럼 김정한 소설은 일제 시대부터 근현대까지 사회 곳곳의 부조리한 모습에 다양한 형태로 저항하며 살아간 이 시대 민중들의 모습을 다룬 작품이 대부분입니다. 이 책에서는 미처 소개하지 못했지만 김정한의 〈산거족〉과 〈항진기〉 같은 작품 역시 부당한 세력에 맞서 저항하는 민중들의 모습이 잘 묘사되어 있으니 한번 읽어 보도록 하세요.

'갈밭새 영감'에 대한 모의재판

〈등장인물〉

재판장, 검사, 변호인, 피고인(갈밭새 영감), 피고 측 증인(마을 주민),

검사 측 증인(피해자의 동료-깡패 2), 배심원 다수

1. 재판장의 개정 선언

지금부터 사건 번호 1966-1호 조마이섬 살인 사건에 대한 형사 재
판을 시작합니다.

2. 검사 측 기소 요지

본 검사는 1996년 7월 30일 조마이섬에서 일어난 사건에 대하여
피고에게 형법 제250조 살인죄를 적용, 징역 10년을 구형하는 바입
니다. 사건이 일어났을 당시 연일 계속되는 장마로 물이 불어 있었
고, 피고는 피해자를 물속으로 집어 던지며 피해자가 사망할 것을
예측할 수 있었으리라 생각되므로 미필적 고의에 의한 살인으로 볼
수 있습니다. 또한 피고인은 본 사건에 대해 반성의 태도가 없으므
로 피고인에게 징역 10년을 구형하는 바입니다.

3. 피고인 신문

검사	변호인
• 당시 현장에서 둑방을 부수고 있었는가? • 둑방 소유자가 섬 주인이라는 것을 아는가? • 피고인은 평소 섬 소유주에게 불만이 있었는가? • 피고인은 피해자를 강물로 집어 던지면서 죽을 것을 몰랐는가? • 건장한 청년을 태질할 정도의 힘이 있다면 다른 방법으로 제압할 수 있지 않았는가? • 피고인은 피해자를 구하려는 노력을 했는가?	• 둑을 무너뜨릴 당시 상황은 어땠는가? • 피고인이 둑을 무너뜨린 이유는 무엇인가? • 깡패가 와서 어떻게 행동했는가? 먼저 폭력을 가하고 욕설을 했는가?

4. 증인 신문

검사 측 증인(피해자의 동료) 신문

검사	변호인
• 피해자와의 관계는? • 피고인과의 관계는? • 섬 소유주와의 관계는? • 피고인이 피해자에게 폭력을 행사하는 장면을 보았는가? • 당시 증인은 무엇을 하고 있었는가? • 나이에 비해 건장한 피고인을 보고 어떤 생각을 했는가?	• 사건 당일 증인과 피해자가 섬에 온 이유는 무엇인가? • 피고인이 둑을 허무는 것을 방해한 일이 있는가? • 당시 둑이 매우 허술하게 지어졌다는 것을 알고 있었는가? • 증인과 피해자도 둑을 허물지 않으면 어떻게 된다는 것을 짐작할 수 있는 상황이 아니었는가? (당시 허술한 둑의 사진, 사건 당일 기상 정보 자료를 재판장에게 증거 자료로 제출) • 당시 둑의 상황으로 본다면 지금 증인도 피고인 덕에 목숨을 유지할 수 있었던 것이 아닌가? • 최근 국회의원이 간척 사업을 이유로 조마이섬을 사들인 일이 있었다. (건우의 일기장을 증거 자료로 제출) 이 일에 관여했는가?

• 피고인이 피해자에게 한 행위에 대해 어떻게 생각하는가?	• 섬의 소유주가 간척 사업에 방해가 되는 주민들을 모두 제거하려는 목적으로 허술한 둑을 쌓은 것이라면 피고인의 행동은 정당한 것, 그 행동을 방해한 피해자를 제압하는 과정에서 일어난 사건은 과실치사임.

변호인 측 증인(마을 주민) 신문

변호인	검사
• 피고인과 피해자가 맞닥뜨릴 당시 상황을 자세히 말해 줄 수 있는가? • 평소 피고인에 대한 마을 사람들의 평판이 어떠한가? • 그런 평판으로 비춰 봤을 때 피고인이 악의를 가지고 사람을 죽일 사람은 아니라는 뜻인가?	• 피고인과 증인은 평소 어떤 관계인가? • 평소 피고인이 폭력적이지 않은가? • 증인은 사건 장소에 있었는가? • 당신의 시력은 좋은가? • 당시 비가 오고 둑 건너편 쪽에 있었다면 그 상황을 정확히 목격할 수 있었겠는가? • 피고인이 둑을 무너뜨리지 않고 다른 방법을 사용할 수 있지 않았나?

8. 변호인 최후 진술

재판의 과정에서 드러났듯이 피고인이 둑을 무너뜨린 행위는 조마이섬 주민들을 위험에서 구하기 위한 행동이었으며 피해자를 살인할 의도가 전혀 없었습니다. 선처를 바랍니다.

이제 배심원의 평결과 재판장의 최종 판결이 남았습니다. 여러분이 재판장이 되어서 갈밭새 영감에 대한 최종 판결을 내려 보세요.

참고 문헌

도서

김정한, 《낙동강의 파숫군 - 김정한 자전에세이》, 한길사, 1978.

안철환, 《24절기와 농부의 달력》, 소나무, 2011.

장영란 글·김정현 그림, 《농사꾼 장영란의 자연달력 제철밥상》, 들녘, 2011.

전국역사교사모임, 《살아있는 한국사 교과서 2》, 휴머니스트, 2007.

연구 논문

곽현영, 〈김정한의 상징 유형 연구〉, 숙명여대, 1994.

김선미, 〈김정한 후기 소설 연구〉, 조선대, 2010.

김양라, 〈김정한 소설 연구〉, 창원대, 1993.

김인배, 〈김정한 소설의 문체 연구〉, 동아대, 1980.

김인태, 〈김정한 소설의 사회의식〉, 강원대, 1993.

송명의, 〈김정한 소설의 크로노토프 - '섬'을 공간으로 한 소설을 중심으로〉, 《한국문학이론과 비평》, 2004.

신덕일, 〈김정한 소설의 인물 연구 - 가해자 유형을 중심으로〉, 제주대, 2001.

양은미, 〈김정한 소설의 작중인물 연구〉, 경희대, 2004.

양정임, 〈김정한 문학의 폭력성 연구〉, 동아대, 2010.

이병주, 〈김정한 연구 - 불의에 대한 저항성을 중심으로〉, 숙명여대, 1991.

임지영, 〈김정한 중기 소설의 작품 세계와 그 교육적 고찰〉, 부산외대, 2004.

조수웅, 〈김정한 소설에 나타난 행동 문학성 고찰〉, 조선대, 1988.

선생님과 함께 읽는 **모래톱 이야기**

1판 1쇄 발행일 2014년 10월 27일
1판 4쇄 발행일 2023년 9월 18일

지은이 전국국어교사모임

발행인 김학원
발행처 (주)휴머니스트출판그룹
출판등록 제313-2007-000007호(2007년 1월 5일)
주소 (03991) 서울시 마포구 동교로23길 76(연남동)
전화 02-335-4422   **팩스** 02-334-3427
저자·독자 서비스 humanist@humanistbooks.com
홈페이지 www.humanistbooks.com
유튜브 youtube.com/user/humanistma   **포스트** post.naver.com/hmcv
페이스북 facebook.com/hmcv2001   **인스타그램** @humanist_insta

편집책임 문성환 **편집** 윤무재 **디자인** 김태형 유주현 반짝반짝 **일러스트** 배민기
용지 화인페이퍼 **인쇄** 청아디앤피 **제본** 민성사

ⓒ 전국국어교사모임, 2015

ISBN 978-89-5862-773-9 44810